秋韵

谢正杰◎著

中国文联出版社

http://www.clapnet.cn

图书在版编目（CIP）数据

秋韵 / 谢正杰 著. -- 北京：中国文联出版社，

2017.11

ISBN 978-7-5190-3243-2

Ⅰ.①秋…　Ⅱ.①谢…　Ⅲ.①诗集 – 中国 – 当代

Ⅳ.①I227

中国版本图书馆 CIP 数据核字（2017）第 272770 号

秋　韵

著　　者：谢正杰

出 版 人：朱　庆

终 审 人：金　文　　　　　　复 审 人：王　军

责任编辑：郭　锋　　　　　　责任校对：王洪强

封面设计：清　风　　　　　　责任印制：陈　晨

出版发行：中国文联出版社

地　　址：北京市朝阳区农展馆南里 10 号，100125

电　　话：010-85923033（咨询）85923000（编务）85923020（邮购）

传　　真：010-85923000（总编室）010-85923020（发行部）

网　　址：http://www.clapnet.cn　http://www.claplus.cn

E － mail：clap@clapnet.cn　　guof@clapnet.cn

印　　刷：宁夏润丰源印业有限公司

装　　订：宁夏润丰源印业有限公司

法律顾问：北京天驰君泰律师事务所徐波律师

本书如有破损、缺页、装订错误，请与本社联系调换

开　　本：880×1230　　　　　1/32

字　　数：120 千　　　　　　印　张：4.75

版　　次：2018 年 3 月第 1 版　印　次：2018 年 3 月第 1 次印刷

书　　号：ISBN 978-7-5190-3243-2

定　　价：28.00 元

秋风秋韵谱心声

初夏时节，正杰给我传来了他的作品集《秋韵》文稿。虽然近年来老眼有点昏花，已不太多阅读文章，但我仍认真地读起来，不觉越读越有味。经过 30 多年岁月的冲洗，本来已经淡忘的正杰形象，又逐渐在脑海里清晰起来⋯⋯

正杰出生于福建长汀县南山镇谢屋村的一个贫苦农民家庭，20 世纪 60 年代他在河田中学念书时常有到南山中学玩，而此时我正在南山中学任教，和他有一些交往。后来，他参军入伍，退伍后就读于福建省卫校，成为一名检验专业的医务工作者。丰富的人生经历，加上孜孜不倦的刻苦学习精神，在业余时间写了许多诗歌、随笔和论文，现在集结成这本《秋韵》。这部作品真实地反映了这位农家子弟在部队的大熔炉和救死扶伤的医务工作中的经历和成长过程，生动地投射出一位普通战士心灵中闪烁的理想之光，从而也从一个角度反映了我们国家和社会在这个伟大变革时代所体现出来的民族精神。

细读《秋韵》，我感受最深的可用三个词来概括：情真、志善、心美。

一为情真。荀子认为："情者，性之质也。"人们的情感不是无缘无故而生的，而是他内在品性的流露。这种"情"可以通过不同的载体和形式表现出来，而诗歌则是一种集中表现作者之"情"的凝练形式。本书的许多诗歌和文章就真实地表达了作者丰富而真实的情感。

故乡情。每个人对生于斯长于斯的故乡都怀有深深的情感。正杰的故乡谢屋村是一个山清水秀的山村，风景秀丽，民风淳朴，既

传承了中华民族千年风俗传统，又弘扬了土地革命时期中央苏区的红色文化。正杰从小耳濡目染，心中始终充满了对故乡的热爱和眷恋之情。在《故乡》这首诗中，记叙了承载着童年梦想的"门前的流水"，带来了许多喜悦和忧愁的"门前的小桥"，留下了童年足迹的"屋后的阡陌"，在树下捉迷藏的"故乡的硕大樟树"，隐藏着多少动人故事的"环绕故乡的叠嶂峰峦"，庇护着村民平安的"华光大帝、五显公王"……此外，对除夕、元宵、端午、七夕、中秋、重阳等民族节日浓墨重彩的描述，把一个游子对故乡"深深刻在心房"的思恋之情真切地表现出来了，令人为之感动不已。它说明了，"留住乡愁"，这正是继承和弘扬中华民族优秀文化传统的基石和前提。

亲友情。在"秋田拾穗"的诗歌集中，占了相当部分内容是作者抒发自己对亲友的怀念之情。这些作品犹如一串串由亲情之水浇灌而成熟的谷穗，被作者在经历了大半生艰辛历程后重新拾起而展示出来，令人深感温馥而清新。首先是"亲人情"：对父母是"高堂在世者耄年，最需后人尽孝心。倘若当年不反哺，洒泪坟头也虚情"（《扫墓》）。对爱妻是"人生短暂如影视，伉俪相持求实心"（《外一首》）。对儿孙是"我的孙子把我呼喊，我双手接过那手舞足蹈的婴儿，红扑扑的脸，给我带来了无穷喜悦。水灵灵的眼睛，欲把世界看清；舞动的手，似乎要拨动乾坤；蹬踢的腿，将把高峰攀登。"把一位新爷爷那种激动、喜悦、祈盼之情表现得淋漓尽致！其次是"朋友情"，这里有"同学情""战友情""师生情"等，在众多的作品里特别突出，其表达的情感尤为深长感人。"笑谈如梦的当年，倾诉离索数十载，华发留头顶。今朝鹭岛会，情比东海深"（《美好的祝福》《同学情》），这是当年同窗共聚的情景。"述说军营岁月，回忆离索之情，相约相聚，五十年、六十年……永远"（《战友——写在战友会》）。"昔年五百汀州子，戎装一新赴军营。如今华发似霜雪，弹指已是花甲人。四十五年身边过，唯有难忘战友情"（《难忘情——写在四十五年战友会》）。这是一同在军营扛枪站岗、摸爬滚打的战友欢聚的动人情景。"从医数十年，带教数十载。四十桃李已芬芳，五十学子遍八闽，花甲之年车末班"（《欢送同学》）。这是面对带教学生时那种自豪而喜悦心情的表露。透过这些朴实无华的文字，人们似乎看到一个农村出来的孩子，一个穿上军装的军人，一个在实验室进行化验的医生，那颗炽热赤诚之心，那份清澈浓烈之情，因而读来令人为之感动不已。

天地情。人们生活于天地之间，大至日月山川，小至花草鸟兽，人们与世间万物有着千丝万缕的关系，因而也就形成了深厚的"天地情"。自古以来，许多文人莫不把自己与万物相连，把自己的情感寄托于千姿百态的大自然中，从而得到感悟，感受愉悦，提升境界。正杰也弘扬了中华传统中这种"物我一体"的精神，写下了许多歌颂自然、托物抒情的作品。这里有"婀娜多姿捧金花，迎风金浪翩跹舞"的油菜花；有"叶似镰刀根如玉，喜居深山常墨绿"的兰花；有"枯杆细芽风骨壮，为你报春正当时"的骨梅；有表现出"高原生命力"的格桑花等，让我们在这万紫千红的描述中感受到一种对大自然深切的爱。这里还有农村常见的苦瓜、南瓜等作物的生动描写以及农村各种乡风民俗的生动描述，并配上了多幅精美的照片，散发出浓烈的泥土芬芳。这里更有对祖国大好河山的赞美，如海拔5013米的米拉山口，西藏布达拉宫的高原之旅等，那种对这个血肉相连、魂魄相依的祖国出于肺腑深爱之情如春风拂面，令人为之动容。

正杰不是专业搞创作的，他的这些作品都是业余随兴之所为，也许在艺术的锤炼上还欠些火候，在文字修饰上还需进一步推敲。但我认为，作品最可宝贵之处正在于"情景"，唯有"情真"，作者与读者才能在情感上共鸣；唯有"情真"，才能深深感动人。这也正是正杰这些作品难能可贵之处。

二为志善。孟子曰："夫志，气之帅也。"一件作品所要表达的正是作者的内心之志，而这种"志"，往往就决定了一个人的人生之路及其所达到的高度。正杰在自己的作品中就表达出这种"志"，然而由于其自身的特殊经历，这种"志"又有其特殊之处。

笑对苦难。一个人的人生道路往往不是平坦的，有高远志向的人往往要经受"苦其心志，劳其筋骨，饿其体肤，空乏其身"的锻炼和考验。如何面对各种苦难，往往就决定了其人生的价值。正杰的

这些作品的一个特点就是表现了自己在各种困难面前所保持的那种乐观、顽强、勇于战而胜之的坚定之"志"。在《六十花甲吟》这首诗中，作者系统回顾了自己60年人生之路，在面对各种困难挑战时自己的态度和作为。例如，两岁时"病魔心不平，缠上小生命"，在"上吐下又泻"的垂危关头，生命出现了奇迹，转危为安度过了人生第一个难关。在求学路上，一个山村小顽童克服了重重困难，"有志于学"，"拜孔子，读诗经，崇李白，把诗吟，初识元曲与宋词"。刻苦学习终有所成，"徐特立诗文优秀奖，榜上有我名"。后来，刚满17岁"当上国防兵，军旅一千日"，为保卫祖国，风餐露宿，贡献了自己的青春。退伍后，又"解甲从医门"，进入了另一个截然不同的环境，穿上白大褂，走进实验室，面临着重重科学难关的挑战。"学人体解剖，习骨·肉·神经，研原子规律，与分子同行"。对于一个从山村出来的青年，其难度可想而知。但他却笑对挑战，勇闯难关，终于"登国际讲坛，全国学术会，宣读论文有我声；中华杂志留篇章，核学委员有我名"，人生又登上了一个崭新的高度。然而，意外之苦难又降临身上，一次突遇"车落洪流"的车祸，致使"横刀切去甲腺肿，竖割胃里鞘瘤去"。在这突如其来的灾难面前，正杰又一次勇敢地面对挑战，"亲履海峡浪如山，踏破风浪十二级"。如此镇定从容地笑对苦难，正表现了一位勇者的斗志和大无畏的气质。

立志高远。一个人年轻时所立下志向之高低，往往就决定了他一生成就之大小。所以，中国历代先贤莫不把"立志高远"作为教育后人的首要内容。本书开篇的《壮志随云涌》就鲜明表达了作者那种立志高远的决心："崎岖路上走，奋力攀高峰；遥看天宫接峻岭，壮心随云涌。"这种壮志凌云的志向，是本书许多诗文所共同奏响的主旋律。在《假如我是——》一诗中，作者盼望成为"翱翔在晴空万里"的大鹏，能够"穿云雾，破雨帘"，"展翅在长空"；又盼望着成为一株平凡而又具有顽强生命力的"小草"，"共拥足下的土地，熬过岁月寒冬——春又发"；也盼望着成为一棵海边顶天立地的"红松"，"融入绿色的海洋，抵御无情的沙浪"；更盼望着成为一只搏击暴风雨，"身影矫健，欲飞理想天边"的海燕，"翅膀拨动了琴弦，弹奏着疾风暴雨的乐章。美妙的音符,落在我的心田"。当我们读着这些志向高远、斗志铿锵的诗句时,不也会随之热血沸腾、志冲霄汉吗?

自强不息。一个人立志之高远并非天生,而是在长期学习和实践中形成的,这就是孟子所说的"吾善养吾浩然之气"的过程,这个过程也就是"自强不息,止于至善"的艰苦奋斗的过程。在这个过程中,人们的心灵得以不断净化和提升,努力达到"淡泊明志,宁静致远"的境界。正杰作为一个山村出来的孩子,既无什么"家学渊源",也没有什么"富亲贵戚",全凭自己那种"自强不息"的决心和毅力,在部队的大熔炉中得到锤炼,在省卫校学习中得到专业技术培训。特别在从医的36年的漫长实践中,"以为人民服务为天职,刻苦钻研专业知识",在检验医学这一领域创造出出色的业绩,在省级、国家级和国际医学刊物上发表了20多篇专业论文,出席了各级医学专业学术研讨会,其代表作用英文版向世界公开发行。马克思说过,"在科学上是没有平坦的道路可走的,只有不畏劳苦艰险、沿着陡峭崎岖山路努力攀登的人,才有希望到达光辉的顶点"。当我们翻阅了本书的第三部分"秋高气爽"所选载的那些专业医学论文时,也许我们对其专业性不太懂,但都为作者这种攀登科学高峰的艰苦奋斗精神所感动。这正是正杰为自己所立的座右铭:"正大是做人之本,杰出乃终身追求"所表达出来的那种"自强不息,止于至善"的高远志向。

三为心美。这里的"心",是指精神的总体,包含着意识、思维、品性等,是决定一个人情感和志向的灵魂。各种作品,特别是诗歌这类有较高凝练形式的艺术作品,都是作者"心"之直接或间接的表现。可以说,《秋韵》就是作者"心美"的一种表露。

感恩。每个人都是社会的人,每个人的成长都离不开国家、社会、父母、师长、朋友等的教育培养和关心帮助。"谁言寸草心,报得三春晖""吃水不忘挖井人"等名言都表达了中华民族一直把"感恩"作为一个人品德修养的重要组成部分而大力弘扬。在《秋韵》中有许多诗文都表达了作者这种"感恩"的心灵之美,令人印象深刻。

序言

在《共产党的旗帜永飘扬》这首长诗中就表达了作者心中深刻的"感恩"之情。在"秋月怡然"中，有一篇文章《老校长上官世坛》特别引起了我的注意。这不仅因为上官世坛是我非常熟悉的亲友，也因为作者对当年启蒙入学和当小学教师时，这位学区校长认真深入的工作态度和对群众体贴入微的作风描写得那么生动感人。更因为作者对这位校长几十年来对自己的关怀、教育和培养那种深切缅怀和衷心感谢，"是我成长成才的指路人"，"如果没有上官世坛对我的关爱，就没有我今天的成绩，也可能没有这些文字记录"。这些文句把作者真挚的感恩之情表现得那么深刻而真切，读后令人感叹不已。

奉献。无私奉献是每个"先进分子"应当努力追求的目标，这种"奉献"正是"心灵美"的一种直接表现和实践。在这部作品中，作者那种忧国忧民、"俯首甘为孺子牛"的奉献精神随处可见，给人一种奋发向上的力量。每当祖国有些地方降临天灾，都会激起作者心中的悲痛和立即奔赴现场进行战天斗地的抗灾的波涛。当舟曲遭遇特大山洪和泥石流、"推到了房屋，埋没了同胞兄弟"的灾难时，他激动地呐喊"抬起头来，祖国儿女；携起手来，同胞兄弟！"并坚信在全国人民的支援下，"美丽之舟再造，创建新颖和谐之曲"（《悼念——写在舟曲哀悼日》）。当青海玉树遭遇大地震时，他寝食不安，深切悼念遇难同胞，恨不得立即飞到抗险救灾前线，坚信"四海赤子，携手八方。废墟上家园重造，明天会更好！""青海长青，玉树不倒"（《悼玉树遇难同胞》）。当2016年中秋之夜莫兰蒂台风吹袭厦门时，他急切询问"海沧名副是，翔安今安否？"坚信"厦门会挺住"。这种奉献意识更表现在自己的日常工作中那种"全心全意为人民服务"的实践中。在书中，我们可以看到一个农村孩子，在学校如何努力学习，在军营如何扛枪卫国，在医务中如何治病救人，在"带教"中如何诲人不倦。漫长的人生路上，每一步都走得那么稳健而实在；在众多的人生岗位上，每一处都是那么尽心尽责。这种辛勤耕耘终于得到了收获：从医几十年，治病救人不可胜数，科研工作硕果累累，带教数十载"桃李已芬芳，学子遍八闽"。虽然自己已"花甲步履漫漫"，但看到自己培养的青年才俊们"凌空飞舞彩练"，心中那种宽慰和自豪之情油然而生，这正是"奉献"之心所结出的硕果。

　　宁静。正杰经过了60多年的艰苦跋涉，现在人生之路终于来到了一个新阶段：工作退休了，子孙成长了，事业有成，家庭幸福。这正是"人生最美夕阳红""秋高气爽"、果实累累的美好时光。他描述自己的退休生活是"早观旭日东升起，晚送闽江归大海"（《楼台抒怀》），真是一片宁静怡然的心怀。这种宁静之心并非"死水一潭"，而是经过几十年人生风雨的洗涤后，心灵超脱了一切世俗功利的羁绊，达到了一种洒脱豁达、空旷澄明、心胸坦荡、超然物外的新境界。

　　实际上，情真、志善、心美是一个统一的整体："心美"化为内则表现为"志善"；显于外则表现为"情真"。"真、善、美"是古往今来多少仁人志士的理想，是人类一种永恒的追求。我认为，人生的价值不全在于与这个目标差距的大小，而更在于追求这一目标的过程。一个人，尽管能力有大小，环境有好坏，机遇有顺逆，成就有高低，但只要他朝着这一目标孜孜不倦地追求，尽心了，尽力了，那么他这一生就没有虚度，就得到了某种永恒的意义。《秋韵》的价值观也正在于此。

　　夏日炎炎，这也意味着秋高气爽、秋韵怡然、硕果累累的收获季节将要到来，我在期待着……

厦门大学人文学院教授、仰恩大学原校长、党委书记官鸣
（2017年夏至于厦大海韵园）

序言

序　言

　　谢正杰老师，既是一位尊敬的师长，也是一位可亲的朋友。我认识谢老师，是在 1983 年底，我从大学毕业后的第一个工作单位长汀县农业局经营管理站调到龙岩地委办公室工作，经我叔叔吴汀林的引荐。此后，每每到了周末，只要我叔叔有空便会邀我一起到谢老师家串门，而盛情的谢老师一家人总要留我们吃个饭。师母能做一手好菜，给我留下深刻印象。在那个收入还不高、食物供应也并不算丰富的年间，招待我们吃饭这样的额外支出，对一个工薪家庭来说实在是一个负担。1985 年我考取陕西师范大学研究生。那年 8 月，在我即将离开龙岩前往西安时，谢老师给我准备了一些凉茶以及防止皮肤干裂用的甘油，嘱咐我西北地区气候较为干燥，南方人初到那里会不适应，易口干，要多喝开水云云。

　　一晃而过，自从认识谢老师，已有 30 多个年头了。谢老师也从一名年轻的检验师、主管检验师进步成为一名主任技师，再到退休，如今正享受天伦之乐。

　　谢老师是一位勤奋又有责任心的医务工作者，也是一位很有文学修养的人，在做好本职工作的同时，培养业余爱好，先后发表了系列诗歌、童话、科普读物以及研究论文，这些文字集中反映了谢老师的心路历程。这次汇集了 60 多篇诗歌、5 篇随笔，结成《秋韵》，以飨读者，是很有意义的一件事。

　　《秋韵》文稿作品，内容丰富，涉及面广，既有对往事的回忆，也有对生活的感悟，不乏诗意的笔调、细腻的描写，这种个人化的"历史事件"写实和"文学风格"的抒怀，虽然前后风格迥异，但每一篇文字都情真意切，蕴涵丰厚，文笔跃动，情、景、理自然融会，浑然一体，篇篇佳作，宛如一杯杯香茗，细细品来，意味深长。

每个人都有过青春年少。《苦瓜》是《秋韵》文稿"秋田拾穗"部分所收录的时间最早的作品，可以看出它是谢正杰老师少年时期留下的一首短诗，虽然直白，但却真切，它真实地记录了一位青涩少年在那个"忆苦思甜"的年代，时代变革在脑海中留下的印痕。苦与不苦是人生的一种体验，品尝过旧社会苦的人，新社会喝水也是甜的！谢老师基本上是与共和国同龄，没有吃过旧社会的苦，但他的父辈经历过，切身体验过。"还是过去苦"一句是写实，是父辈们生活经历的一个记忆。《故乡》道出了游子对家乡的那样一份真挚情感，多少欢乐几多忧愁自在不言中。在城市化的大潮中，置身繁华的都市，人们其实如同一朵红萍，漂浮不定，只有乡村故土才是踏实的，那里有永远的牵念。当下，人们喊出留下"乡愁"，反映了现在人对故乡别样的心境。在"秋田拾穗"部分所汇集的数十首诗作中，有多篇是反映校园生活的，校园是青春年少痴狂岁月心中的圣地，梦中的伊甸园，纯洁而神圣。在那里，师生情、同窗谊，日久弥珍。退休生活是悠闲的，也是充实的，由于有了更多的生活经历，对人生的感悟也更为深刻，有了更多的闲暇时间，可以做自己感兴趣的事情，在家享受家庭的幸福欢乐，出行可以饱览祖国的大好河山，登长城，进藏区，看大海，观日出……这方面也反映在诗作中。

兴趣是最好的老师，谢老师不是诗人，但有一颗圣洁的心，爱写诗，有感而发，情真意切，没有掩饰，没有做作；谢老师是一位医务工作者，但有着诗人般的洞察力，生活中的点点滴滴都成为诗的元素。

总之，《秋韵》文稿拜读之后，有许多感受，也还有许多话想要表达，但终归话长纸短，更多的精华留待以后细细品味。

以上文字且为序。

福州大学人文社科学院院长，博士、教授吴兴南
（2017年5月30日于福大怡山校区庭芳院）

目 录

秋田拾穗

目
录

秋月怡然

目录

秋田拾穗（诗歌）

此志凌云霄

崎岖路上走，
奋力攀高峰；
遥看天宫接峻岭，
此志凌云霄。

青山休笑我，
纵适永望荣；
踏遍涂山与水乡，
喜应朝阳红。

2009 年 11 月 21 日

苦 瓜

苦瓜苦不苦，
我说不太苦；
比起过去事，
还是过去①苦。

1964 年 6 月 1 日

注:①在老家二十世纪五十年代、六十年代老一辈的人说一九四九年前事情,基本上叫"过去"。

秋田拾穗

故 乡

流浪！流浪
几十年流浪
白发记述了我的沧桑
岁月雕刻了我的脸庞
故乡
深刻在我的心房

门前的流水
承载着童年梦想
汇聚汀江
经南海入太平洋

门前的小桥
连接故乡的东西方
多少人怀揣理想
从这里走过
带回了喜悦
也有忧愁和悲伤

屋后的阡陌纵横
画出丰收景象
那里留下我童年的足迹

和父老乡亲一起
春播夏种秋收冬藏
见证了丰收欢笑
记录了多少忧伤

故乡的硕大樟树
不是虚传
十个大汉才能抱揽
给我们避风挡雨的树冠
足有几十平方米
童年们在这游戏捉迷藏
如今只能够在梦乡
给我辈留下无限遗憾

环绕故乡的是叠嶂峰峦
多少故事在黛墨色里隐藏
那里曾有豺狼虎豹
也有匪祸刀光
虽然是故事
足以让我童年稀罕

一次在斜下山中劳作
我真碰到了山大王
山坡小路相遇
相距十米长
趴俯向着我
我们互相看
十四岁的我心已慌
步伐没有乱

哦
原来是友好的虎大王
我们没有拥抱握手
虎朋友把路让给我
终身也难忘

故乡的学校
是我启蒙的地方
从 b(波)p(坡)m(莫)开始
到认识一二三

故乡供奉着华光大帝
——五显公王
还有仙师邱郭王
安护村民的心理
庇护村民平安

故乡的人淳朴善良
敲锣打鼓送我当兵
设宴送我学医把专家当
那如春风的笑脸
迎接我一次次回家乡

故乡的路
犹如镶嵌在大地的彩带
引领村民提着编织袋
走向五洲四海
走向生活
走向未来

每当佳节来临
故乡的路
默默地等待
游子归来
无论你开着奔驰宝马
还是提着原来的编织袋
无论你是前呼后拥的官员
还是普通打工仔
无论你是拖家带小
还是单身孤行走来
故乡的路
都同等真诚等待
等待
迎接他乡游子归来

啊
这就是我的故乡
故乡啊
生我长我的家乡
深深地铭记在脑海

2014 年 12 月 3 日

故乡太平桥一览

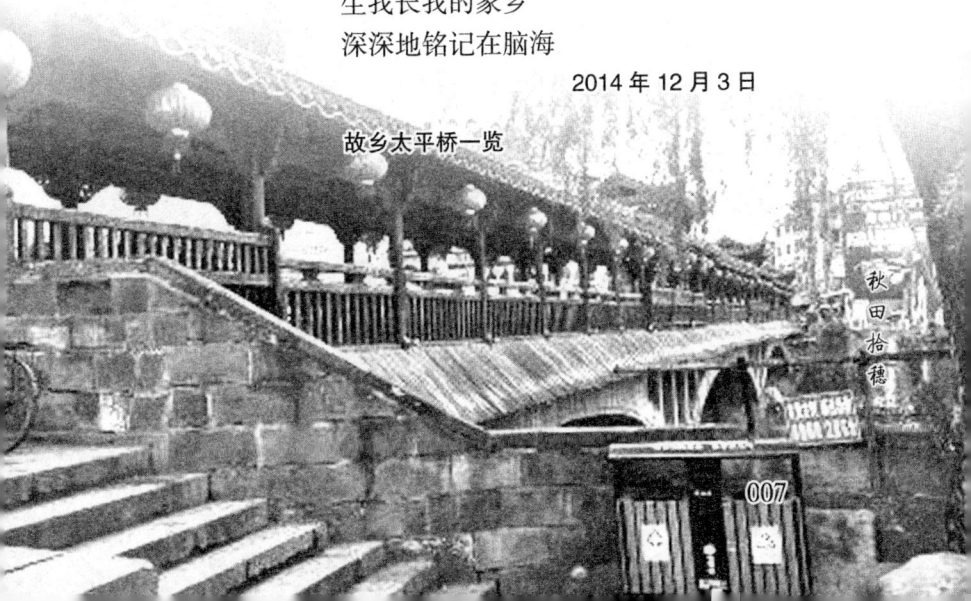

秋田拾穗

故乡水东桥一览

作者留影于故乡门前流水

重　阳

九九重阳今重阳，
今日登高非往常；
骑竹做马痴童笑，
弹指已过花甲郎。

国泰民安我健步，
政通人和家兴旺；
子孙绕膝乐心田，
他年蓝图胸中藏。

2014 年 10 月 2 日

作者留影于西藏海拔 5013 米的米拉山口

共婵娟

中秋到，月华圆，
嫦娥广袖舞翩跹。
满园喜事送天下，
神州梓民笑声甜。

互相庆贺有月饼，
清辉传情心相连；
举杯诚邀八方友，
四海嘉宾共婵娟。

2014 年 9 月 8 日

作者摄影于西藏与西藏妹子合影

艳阳似火

夏日艳阳似火烧，
路面署气腾腾高；
艰辛生活踏热浪，
幸福之人享空调。

2014 年 7 月 3 日

秋田拾穗

迷 失

元宵节，情人节，
提着灯笼欲找谁；
无神跬步向前丢，
落寞时节谁相随。

元宵节

元宵节，
情人节，
两节巧相叠；
时令从人情，
花灯拥情人；
花灯美如画，
情人意海深；
情人花灯永久明。

2014 年 2 月 14 日

情 殇

网络之湖多淼漫，
秀水恋青山；
春花秋月映平湖，
涟淤荡漾都是福。

昨夜清风袭寒士，
黄连怎可治；
惊鸿无依何处去？
谁怜长空哀鸣孤雁凄。

2014 年 12 月 3 日

高原之旅

布达拉宫访喇嘛，
那木错湖见天涯。
中流砥柱是奇观，
林芝城里看彩霞。

西藏高原福州馆，
闽人入住如到家。
世界屋脊留脚印，
银燕送我赏蓉花。

2013 年

作者游览布达拉宫与喇嘛合影

春　语

春来桃花点点红，
翠柳细芽欲争宠；
阵风催花结子去，
柳絮飘扬得意中。

2011 年 2 月 29 日

谁之福

车送白发返故里，
眼中含泪不敢流；
九旬高龄世稀少，
四世同堂谁之福。

2011 年 1 月 4 日

油菜花

婀娜多姿捧金花，
姐妹相牵连天涯；
早春三月若蜂蝶，
游人相机影留下。

多谢老农常伺候，
方有骚客把我夸；
迎风金浪翩跹舞，
原本乡间油菜花。

2013 年 4 月 27 日

作者拍摄于闽侯乡村

平　潭

昔去平潭海船渡，
今朝驱车通坦途；
慕名登上沙塘屿，
天神雄风高天树。

海域石牌仅此有，
乃是神功加鬼斧；
蔚蓝大海拥抱我，
他年再看台海虹桥渡。

2011 年 7 月 28 日

作者在平潭沙塘屿留影

草堂伴侣有春秋

小妹生日美

相如知音文君妹，
QQ 送我王小妹；
网络日历三百六，
小妹今朝添新岁；
心潮似海波浪起，
化作指尖键声脆；
祝福合家甜如蜜，
祝贺小妹生日美。

2010 年 10 月 27 日

小妹

含苞欲放

闲来无事，盆栽腊梅，多年休整，冬来含蕾。
又临三九，含苞欲放，留照一张，好友共赏。
有缘朋友，耐心等待，新春之日，吉祥之时。
红梅绽放，为你欢乐，祝你幸福，祝你健康。

2011 年 1 月 10 日

寄语中秋节

中秋节，月华圆，
九州团坐月饼甜。
嫦娥清辉带我信，
诸君事业恋情圆。

2011 年 9 月 11 日

作者在八达岭长城留影

三毛买蛋(绕口令)

三毛买了一筐蛋，
走出小巷，莽汉一撞，
脏了衣服坏了蛋，
阿姨叔叔评评理，
是汉撞了蛋，
还是蛋碰了汉？

作者拍摄于九寨沟沟口

共产党的旗帜永飘扬

一九一九年
五四的火炬
在中国大地传递
一九二一年
七月如火的夏季
南湖的船上
革命的先驱
在这里汇聚
伟大的——
中国共产党
在这里成立
从此
——飘扬着
斧头镰刀的红旗
震撼了沉睡的大地

八一南昌起义的枪声
湖南农民的秋收起义
共产党的旗帜高高地举起
井冈山的斗争
湘江突围
多少烈士的鲜血染红了党旗

秋田拾穗

破乌江　夺泸定
著名的会议——
在遵义
四渡赤水出奇兵
爬雪山　过草地
延安迎来了毛主席

地道战　地雷战
游击战　持久战
领导核心是共产党
人民战争的海洋
打碎侵略者的美梦
日本鬼子乖乖地投降

人民要当家
地主阶级心不甘
蒋家王朝
真内战　假和谈
企图消灭共产党
神州赤子
紧跟共产党
三大战役
消灭蒋军八百万
共产党　像太阳
照到哪里哪里亮
哪里有了共产党
哪里人民得解放

一九四九年
五星红旗

在祖国的大地飘扬
新中国屹立在世界的东方
帝国主义心里慌
伸出魔爪欲阻拦
志愿军
跨过鸭绿江
洒下多少志愿军的鲜血
再把党旗染
迫使美国鬼子谈判

共产党　九十年
多少好儿女
杨开慧　董存瑞　黄继光
洒下热血为了党
钱学森　邓稼先　李四光
为了祖国为了党
贡献青春造"两弹"
王选照排用激光
共产党的历史
更响亮
袁隆平的杂交水稻
让世界人吃饱
为国为民把青春耗

伟大的共产党
是中华民族的脊梁
斧头镰刀的红旗
永远在
人民心中飘扬

秋田拾穗

六十花甲吟

诞　生

二十世纪，
五一年春，
汀江河畔，
婴啼呐喊，
唤醒黎明，
农家小院喜盈盈；
老农幻想，播撒在小山村，
红土地迎来了解放军，
贫瘠之家有了，
——自己的土地，
安享农耕。

两　岁

次年秋，
病魔心不平，
缠上小生命，
上吐下又泻，
全家拜佛又求神，
旧屋悲歌吟；

我走黄泉路，
奈何桥上遇阎君，
大王责五鬼，
你等抓错人，
赶快送还魂。
妈妈流喜泪，
奶奶有笑声。

求　学

山村小学校，
琅琅读书声，
顽童被吸引，
农家有了读书人；
认识波·坡·莫，
横竖始笔耕。
拜孔子，
读诗经，
崇李白，
把诗吟。
初识元曲与宋词。
通读主席马背诗，
业余诗言写到今。
徐特立诗文优秀奖，
榜上有我名。

事　业

为了祖国的强盛，

为了人民的幸福永远，
上世纪，
六八春，
刚满十七的我，
穿军装，
当上国防兵，
军旅一千日，
解甲从医门，
学人体解剖，
习骨·肉·神经；
研原子规律，
与分子同行；
人体微观留身影，
识别各种细菌；
登国际讲坛，
全国学术会，
宣读论文有我声；
中华杂志留篇章，
核学委员有我名。

蒙 难

车落洪流未足奇，
车祸轮前翻身起，
亲履海峡浪如山，
踏破风浪十二级。
横刀切去甲腺肿，
竖割胃里鞘瘤去，
弹指一挥六十载，
当年顽童白霜须。

带　教

从医几十年，
带教数十载，
学子别我去，
执笔欲书怀。
蒙童之年上学堂，
二十执鞭站讲坛，
三十大专留教影，
四十桃李已芬芳，
五十学子遍八闽，
花甲之年车末班，
师生惜别呼再见，
祝君来年创辉煌。

退　休

同事樽酒送我归，
学子挥手几度回；
净手脱下白大褂，
上班五九今朝退。

感　悟

求学我努力，
事业我尽心；
退休我惬意，
无事一身轻。

2011 年 3 月 20 日

秋田拾穗

作者留影与八达岭长城

痴想月华归（外一首）

去岁中秋沐银辉，
今朝楼台风雨摧；
狂风暴雨遍天下，
独我痴想月华归。

2010 年 9 月 21 日

月华归

昨日盼月感苍天，
早起风清雨行远；
拉开云幕还晴日，
出浴嫦娥在身边。

2010 年 9 月 22 日

秋田捡穗

作者拍摄于故乡中秋节

假如我是——

假如我是大鹏
愿与你比翼
——在苍天九重
翱翔在晴空万里
世态炎凉在眼中
穿云雾,破雨帘
何惧暴雨与狂风
丹青难描鲲鹏志
展翅在长空

假如我是一棵小草
愿与你同圆相好
共拥足下的土地
同享春风
沐细雨与共
同驱盛夏的酷暑
熬过岁月寒冬
——春又发
诗人笔下常赞颂

假如我是一棵红松
愿与你林海与共

035

融入绿色的海洋
抵御无情的沙浪
储藏地下水仓
造福一方
苦乐与共
同撒血与汗

假如我是一个行者
愿与你携手同行
走过黑暗的夜晚
迎来曙光的黎明
披荆斩棘有你在
山高路险你壮行

假如，假如
真实难求
他日可得
我欲仙乎

2011 年 3 月 8 日

丫头吃鸭头（绕口令）

丫头桌上有鸭头，
丫头举筷吃鸭头，
鸭头连声叫丫头，
丫头丫头别吃鸭头，
丫头吃鸭头变鸭头，
丫头说鸭头鸭头，
丫头要吃鸭头，
丫头吃鸭头不做丫头。

2010 年 7 月 30 日

作者拍摄于闽江公园

为珍珠台风题

一夜狂风千枝坠，
万朵残花令伤怀；
葬花黛玉今何在？
谁执荷锄筑花坟。

2009 年 11 月 4 日

悼 念

——写在舟曲哀悼日

舟曲，
美丽之舟，
悠扬之曲——
美妙合并体。
神州的骄傲；
祖国的儿女，
引来灾难的妒忌。
特大的山洪来了，
特大的泥石流来了
降下了灾难的雨，
推倒了房屋，
埋没了同胞兄弟。
痛满神州，
哀遍大地。
汽笛哀鸣，
降半国旗。
抬起头来，
祖国儿女。
携起手来，
同胞兄弟。

秋田拾穗

美丽之舟再造，
创建新颖和谐之曲。

2010 年 8 月 15 日

作者拍摄于西藏

清　明

清明青山清世界，
蓝天白云美乾坤；
疆域万里先祖拓，
多少英烈献忠魂。
九泉先辈展眼望，
今朝神州清朗朗；
万众一心齐努力，
书写中华好诗文。

扫　墓（外一首）

一

一年一度又清明，
祭扫故亲湿衫襟；
双手坟头添把土，
墓前杂草拔干净。
高堂在世耆耄年，
最需后人尽孝心；
倘若当年不反哺，
洒泪坟头也虚情。

二

人生短暂如影视，
伉俪相持求实心；
不幸相隔阴阳界，
杜鹃啼血和哀鸣，
夫妻本是同林鸟；
患难之时各自飞，
庄公借扇今可免；
挥斧开棺望莫行。

圣诞花

未临春华
谁翠绿挺拔
捧出鲜红的花
听见否
圣诞老人的步伐
走向你我他
送给每人一份礼物
厚爱的一份给了我
颤动的双手接过了她
啊
是圣诞的娇娃
我尽情地拥抱着
抚摸着
亲吻着
构成一幅美丽的图画
这不是图画
我确实沐浴着圣诞的光华

2009 年 11 月 4 日

秋田拾穗

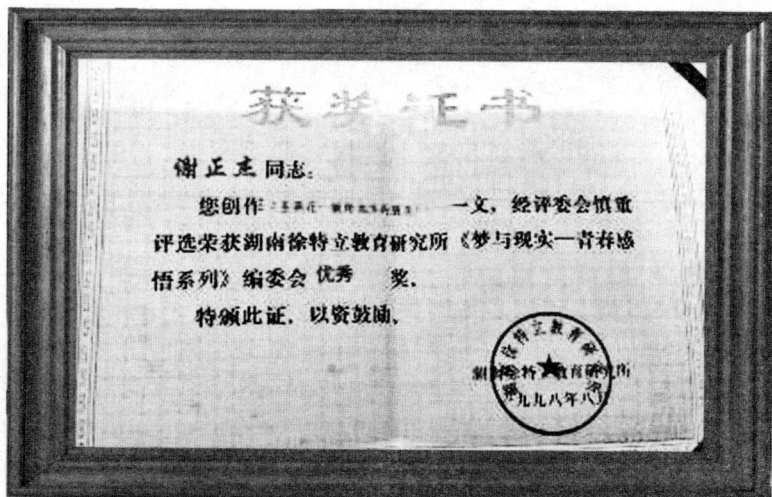

作者得奖证书

作者拍摄于西藏纳木错湖

近水新楼台

我的楼台
背靠昆仑山脉
面向无垠大海
天南地北的来访者
我在此接待

弹指间
收到你的关怀
荧屏里送去我的爱
视频里
看到你的笑脸
传出了我的老迈
"朋友,朋友"
送出去声声的呼唤
"你好！你好！"
句句问候的传来

在这里
接到鲜花朵朵
在这里
美酒咖啡端起来
在这里

打开胸怀一隅
在这里
博古论今陈词慷慨

在这里
听闻昆仑之巅的山风嘶啸
在这里
观看诺亚方舟的到来

我的朋友
来自北国的边城
来自五指山下南海
我的朋友
在大都市里见我
在美景如画的山里走来
我的朋友
踏遍青山人未老
描绘美景藏胸怀
Hello 声声
来了老外

我站在楼台上
耳听八方
眼观四海
我坐在楼台里
准备了香茗美酒
等待天下朋友的到来

这是网络世界
我的新楼台

2009 年 12 月

作者拍摄于闽江公园

祝福元旦

年年元旦今元旦，
今年元旦不一样；
昔日祝贺捧双手，
如今祝福按键盘。
网络输出真诚心，
指间表达我愿望；
祝你新年喜事多，
祝你发财千千万。

2010 年 1 月 1 日

作者拍摄于纳木错湖

壮志随云涌

崎岖路上走，
奋力攀高峰；
遥看天宫接峻岭，
壮志随云涌。

青山依旧在，
征途永无穷；
踏遍险山恶水处，
喜迎朝阳红。

2009 年 11 月 21 日

我的生活

红梅开文川，
长空白絮扬；
推窗观景留诗句，
乾坤绕日一周转。

腊月年年复，
今朝又旅途；
昨夜寒风加凉雨，
早起遍地是珍珠。

1976 年 1 月 5 日

战　友

——写在战友会

为祖国的强盛

为人民幸福的永远

刚满十七岁的我

穿上军装

扛枪站岗

那是上世纪

一九六八年春天

从那时起

一个纯洁崇高的称呼

——战友

铭刻在心间

军旅一千日

解甲从医数十年

光阴飞逝

战友的步伐

跨过新世纪

走向新千年

战友数十年

又是明媚春天

携手在故乡

回忆军营岁月

述说离索之情

相约相聚

五十年

六十年……

永远

1998 年 3 月 28 日

作者在部队驻上饶海军学校时与战友合影

作者与老战友合影

七　夕

银河滔滔断美情，
牛郎瓢水感凡尘；
乌鹊有意搭桥会，
何不借机走新程。

他日王母治天罪，
只待幼子拜师行；
安得华光添双徒，
打破天庭救母亲。

2010 年 8 月 16 日

作者故乡古城墙

美好的祝福

——同学聚会感怀

适逢少年
聚会在母校的情怀
火热的炎夏
你我像蒲公英一样
在八闽大地撒开
弹指二十余春秋
航船已满载
当年小树已成才
蓝天做纸海当墨
难描如诗的这一代
又是金秋十月
我们携手在一块
笑谈如梦的当年
倾诉离索数十载
憧憬美好的明天
端起香醇四溢的美酒
祝福我们的未来
鹏程万里
创丰功伟业攀高峰
再聚欢歌齐奏凯

作者与男同学毕业时在教学楼前留影

福建省卫校检验专业首届工农兵学员毕业留影 一九七五年九月一日

作者与福建省卫校检验专业首届工农兵学员毕业留影

秋田拾穗

南瓜谣

春来散地种株苗，
夏日绿腾挂金花，
秋到满地结金果。
有人叫番葡，
有人叫金瓜；
小的像排球，
大的磨盘大。
当年红军做口粮，
如今酒宴称颂它；
同窗一见乐开怀，
装上几个带回家；
龙岩朋友吃，
漳州亲戚拿，
还有一个送厦大。
要问此瓜何处有？
神州处处是它家。

与正彬兄别后重逢书怀

——于泉洲

竹马与共在故乡，
同窗求学于河田；
我穿戎装三年整，
君耕故园几暑寒；
人生之路多坎坷，
你我闽赣两奔忙；
弹指春秋数十载，
喜看今朝路宽广。

作者与老哥合影于江西广昌

雪

夜来寒切絮纷扬，
顷刻大地白茫茫；
皎洁世界胜龙宫，
万户齐挂琉璃串；
玉树银枝结晶果，
谁铺晶莹于河江；
北风送我游旷野，
红日急催返天堂。

1975 年 12 月 15 日

作者第一次下乡在连城北团大坪大队当天晚上遇到如此大雪，第二天看到和照片情景一样，写出当时雪景感悟，借此网络照片表达

我与安全过大年

　　每逢佳节倍思亲,除夕的夜晚,多少父母盼儿回家团聚,为了安全,我儿在高速公路过第三个除夕,他出警前给父母打贺年电话。

爸爸妈妈,
对儿理解与豁达,
高速公路连万家。
交通安全责任重,
交警欢乐乐万家。

爸爸妈妈,
儿在值勤也过年,
穿梭车辆身边过。
他们安全我欢乐,
喜悦心情报爸妈。

爸爸妈妈,
儿在值勤未回家,
门前红联老爸贴。
厨房献艺有老妈,
儿管安全后看家。

爸爸妈妈，
儿在值勤也是家，
张张笑脸报安全。
我在高速路上敬警礼，
献给安全幸福的每一家。

我与安全过大年
（男声独唱）

1=G

中速·深情的

词：白永
曲：远征

1. 爸爸妈妈，爸爸妈妈，对儿理解与谅达，高速公路取万家，
2. 爸爸妈妈，爸爸妈妈，儿在路上未回家，门前喜联老爸描，
3. 爸爸妈妈，你别牵挂，儿在路上也过年，穿梭车流身边过，
4. 爸爸妈妈，你别牵挂，儿在路上也是家，张张笑脸报安全。

交通安全责任重，交警欢乐乐万家，交通安全责任大，交警欢乐乐万家。
厨房做艺有妈妈，儿营安全后看家，厨房做艺有妈妈，儿营安全后看家。
他们安全我欢乐，喜悦心情报爸妈，他们安全我欢乐，喜悦心情报爸妈。
我在路上行警礼，献给安全每一家，我在路上行警礼，献给安全每一家。

渐慢

我在路上行警礼，献给安全幸福的每一家。

庆端午

吃罢杨梅春欲归，
桃李争相续，
江上号子声声急，
又是龙舟竞渡举战旗。

士子奋力抵倭寇，
投身求江河。
屈原今尚在，
喜闻粽子飘香传万代。

2011 年 6 月 3 日

061

难忘情

——写在四十五年战友会

昔年五百汀州子，
戎装一新赴军营；
如今华发似霜雪，
弹指已是花甲人。
喜怒变幻家常饭，
世态炎凉如品茗；
四十五年身边过，
唯有难忘战友情。

2013 年 3 月 28 日

作者与老战友一起学习毛主席著作

悟！误！呜！

釜内煮稀粥，
手捧李斯悟；
敖仓茅厕鼠有别，
履新秦相步。

改革旧时弊，
民强国中富；
欲牵东门悟已迟，
误我粥焦苦。

2013 年 1 月 18 日

作者拍留影闽江公园

海的寄语

我站在日月潭
捧起波涛海浪
送到唇边
轻轻地
慢慢地
吸进胸腔
流淌在六腑五脏
进入循环
滋润着每一个细胞
豁然间的我
焕发荣光

我站在龙津河畔
透过晨雾茫茫
透过万水千山
看到你啊
祖国的脊梁
遥远的
——昆仑山
你的滴滴汗水
孕育了五湖三江
无垠的大海
有了能源千万

祖国啊！

今天是你生旦，
我捧起三江五湖水，
捧起万丈霞光，
捧起星光灿烂；
追逐思绪，
沉醉幸福怀抱里，
享受着祖国的绿水青山。

2010 年 10 月 1 日

兰　花

叶似镰刀根如玉，
喜居深山常翠绿；
春临福建为名贵，
夏阳为我酿馥郁；
秋来香飘广无垠，
冬到寒友色温奇；
高君雅士恭请我，
名扬千古留诗句。

2010 年 7 月 21 日

作者拍摄于福州兰花展

悼玉树遇难同胞

2010 年 4 月 14 日 7 点 49 分
玉树的大地在抖动
玉树的山在晃摇
玉树的房屋在倒塌
无情的残垣
把玉树人推倒
祖国的儿女
患难的呼救
在青藏高原回荡
在寒风中呼嚎

快　救护队上
快　医疗队上
快　志愿者上
这里有生命之息
抢救
这里有生命之音
抢救
这里有生命之光
挖掘
挖地三尺
与死神过招

秋
田
拾
穗

救出一个婴儿
挖出一个少年
一个又一个
在救护队喘息声中
谱出一曲曲救生的歌谣
母亲用头颅保护怀中的孩子
志愿者用生命
谱写救护曲调
问苍天
玉树人
被废墟吞没多少
——2064 同胞
你们走好
神州儿女为你们祈福
四海赤子，携手八方
废墟上家园重造
明天会更好
让九泉同胞笑
青海长青
玉树不倒

2010 年 4 月 21 日

2016中秋来了莫兰蒂

年年有中秋，
今年很特殊。
来了莫兰蒂，
苍穹挂雨幕。
嫦娥藏深闺，
海沧名副实。
翔安今安否，
厦门会挺住。

2016年9月15日

作者拍摄于西藏雅鲁藏布江

我的同桌

十年学生生活
曾有多少同桌
唯有卫校两年
疼在我的心窝
记得到校第一次上课
我的同桌
是两个退伍兵
陆空的组合
在宿舍
我的下铺
是教室里的同桌
可谓是朝夕相处
同梦南柯
毕业后各奔一方
谋求生活
同桌靓影
记挂脑海心窝
一次出差
惊悉一个同学仙逝
啊
他是我的同桌
英年早逝

——吴韵和

呜呼

吴韵和

呜呼

我的同桌

2016 年 12 月 29 日

作者与同桌吴韵和合影于福州西湖

同学情

——致省卫校厦门同学聚会——

少壮榕城聚，
共写同窗情；
弹指一挥数十载，
华发留头顶。

今朝鹭岛会，
饱含同学情；
按下键盘送祝福，
情比东海深。

2016 年 12 月 3 日

作者拍摄于黄龙瑶池

校　园

榕城乌山脚下
有一条小巷
叫道山
道山路 29 号
留下了我们的足迹和梦想
文革洗礼后
此地把我们召唤
那是上世纪一九七三
金秋十月二十号
我们和老师一样
放下了锄头
走出了厂房
脱下戎装
从大山里走来
从农村走来
从兵营里走来
汇聚在一起
这是特殊年代
给我们特殊称号
"工农兵"学员——
是我们的红帽
袖珍的校园

和我们一样渺小
大门边的三层楼
拥挤着办公室、实验室、会议室
唯有一座两层四大间
最为壮观和英豪
那是我们的教学楼
代表着这里
是一所学校
教室前的几棵白玉兰
适宜季节
飘洒了多少芬芳
给我们留下了多少幻想
校园显著一角
耸立着忠实的樟树
犹如为我们站岗放哨
又像为我们撑着凉伞
风吹树梢哗哗响
更像与同学们悄悄说话
校园生活六百天
辛勤老师
让我们崇敬和怀念
袖珍校园
让我们依恋
朝夕相处的同学
深深地铭刻在心间
难以描述的校园生活
就像在昨天

2016 年 1 月 29 日

作者在母校礼操场留影

欢送同学

从医数十年，带教数十载，
学子别我去，执笔欲抒怀。
懵懂之年上学堂，
二十执鞭站讲堂，
三十大专留教影，
四十桃李已芬芳，
五十学子遍八闽，
花甲之年车末班。
师生惜别呼再见，
祝君来年创辉煌。

作者与实习医生留影

重阳感悟

九九登高展望，
后生拔节成长；
可喜青年才俊，
书写当今篇章；
凌空飞舞彩练，
赞叹青胜于兰；
回头自己看看，
花甲步履漫漫。

作者参加成都全国学术会议

三九迎春

三九龙岩春光富，
不见霜雪显酷暑；
春游多是单衣人，
赤膊小伙热气足。
红白腊梅香争艳，
斑竹绿草同描图；
北国雪花漫天舞，
南园春华已驻足。

2015 年 1 月 27 日

作者拍摄于龙岩登高公园

我们是退伍兵

——写在 2016 年八一节

军号已吹响
海风在呼啸
谁在南海扇阴风
企图侵占我宝岛
中华民族已怒吼
祖国主权在呼叫
中华儿女准备好
火箭已上架
战剑已出鞘
中国人民解放军在咆哮
我们是新中国退伍兵
虽然回乡几十年
仍然斗志昂扬　铁骨铮铮
保家卫国重任在身
前方有战场
后方有我们退伍兵
中华民族脊梁有我们肩负
吃苦耐劳为中华民族的复兴
战斗号角已经吹响
整装待发的退伍兵
时刻准备出征

秋田拾穗

云顶峡谷任我行

天下何处高，
亲临云顶晓，
伸手可摘星，
与天能闲聊。
久仰欲朝拜，
同学结伴于今朝。
驱车蹒跚行，
回头弯，
左弯连右弯，
弯弯上旋绕。
山坡连山坳，
彩云似带缠山腰，
一览众山小。
山高水相伴，
池水天为岸，
难得天池水，
媲美瑶池非狂妄。
天池之水世间稀，
伴随峡谷更惊奇；
千级栈道险，
谷底溪水更调皮。
时而藏山涧，

时而吻你的脸，
高崖一跳银河现，
彩虹相伴更稀奇，
蹦蹦跳跳山谷间。
结伴成潭赛神仙，
养得青鱼三五尾，
悠哉悠闲戏水涟。
栈道下行弯连弯，
天籁之音绕耳畔，
岑岑之水如情语；
慢声细语说古今。
水到滩头哈哈笑，
游人欢快忘疲劳。
何处妙手把琴弹，
原是跳石之水响叮当。
如雷轰鸣山谷荡，
隆隆之音要你抬头望，
谁把彩练挂前川？
啊！
是天池之水，
敲锣打鼓，
悬挂条幅送君把家还。

秋田拾穗

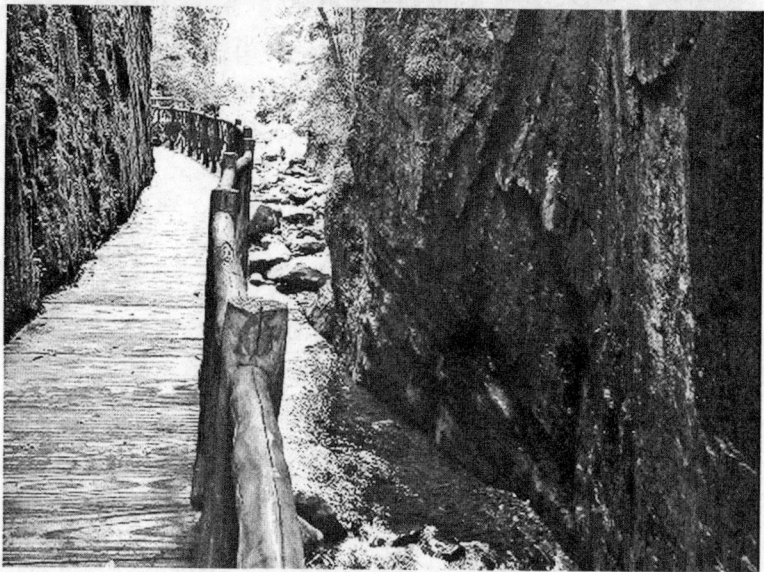

作者拍摄于永泰云顶风景区

骨梅报春

新春伊始，友人来家，
索观腊梅，花事已过，
梅花高风，骨干细芽，
书写春事。
去岁梅事花正红，
君忙公务今来迟；
枯干细芽骨风在，
为你报春正当时。

2010 年 2 月 18 日

秋田裕穗

083

雨后春笋

初春的风
飘洒的雨
初春的雷鸣
唤醒大地
广博的原野披翠绿
春姑娘在身边叨絮
我穿上盔甲
勇士般出征去
破土而出
到了一个新天地
我环顾四周
那边有大哥
这里有小弟
哦，这里……这里……
还有，那里……那里……
高矮胖瘦
参差不齐
都穿着黑盔甲的兄弟
抬头一看
父辈们
高耸入云如天柱
浑身翠绿似玉

它们踏着春风曼舞
欢呼我们的到来
未来事业有后继
它们挥舞翠绿的轻纱
不时地点头示意
虚心劲节
家传秘籍
一定牢记

2010 年 3 月 13 日

楼台抒怀

退休生活何感慨，
亲朋好友常挂怀；
楼台十六摇椅里，
当年幼童今老迈。
早观旭日东升起，
晚送闽江归大海；
举目街市收眼底，
一览众楼皆见矮。

2011 年 5 月 23 日

海 燕

在大海的上面
是谁
身影矫健
欲飞理想天边
啊
是海燕
晴天
你的身姿靓影
翻飞变迁
俯冲到海面亲吻
又冲向九天
云霞捧出变幻莫测的花朵
献给你啊！——海燕
雨天
广博的苍穹里
狂风摆下硕大竖琴
你的翅膀拨动了琴弦
弹奏着疾风暴雨的乐章
海澜为你击节鼓掌
美妙的音符
落在我的心田

秋田捡穗

吻　别

——看图有感

送君送到大路旁，
默默一吻系思量。
不知爱君何处去？
是谁带走我情郎。
有心随你远方走，
双腿难追摩风团；
千山万水隔你我，
哦哦之声痛断肠。

拨动天琴

闽水创奇迹，
江心垒舟楫；
牵手三县洲，
榕树撩胡须；
潮水涨又退，
妙手塑稀奇；
海豚托起我，
天琴奏乐曲。

作者拍摄于福州江心公园

秋田拾穗

格桑花

高原生命力，
遍地格桑花；
怜取眼前人，
无私又伟大。

马年添丁

走过六十三年的岁月
一声婴啼
把我陶醉
喔啊
婴儿房里传来呼喊
爷爷　爷爷
那呼叫的声音是那么强烈
传遍了大地
传遍了全世界

啊
是我的
是我的孙子把我呼喊
我双手接过那手舞足蹈的婴儿
红扑扑的脸
给我带来了无穷的喜悦
水灵灵的眼睛
欲把世事看清
舞动的手
似乎要拨动乾坤
蹬踢的腿
将把高峰攀登

我激动
我兴奋
这是我的孙子
我的第三代传人

我拿起手机
编一条短信
"捧天地神灵
列祖列宗之灵
托福亲朋好友
父老乡亲
我的孙子已经问鼎福州城"
传给我的朋友
传给我的乡亲
一起分享我做爷爷的喜讯
大江南北的朋友
八闽乡亲
传回恭喜声声
传回祝福声声
恭喜我升级
祝福我孙子母子平安
祝福我孙子健康成长
我和着亲朋好友的祝福
祝福我孙子的未来
把群书博览
著书立说
把好学风世代相传
让我家门
溢满书香

2014 年 5 月 19 日

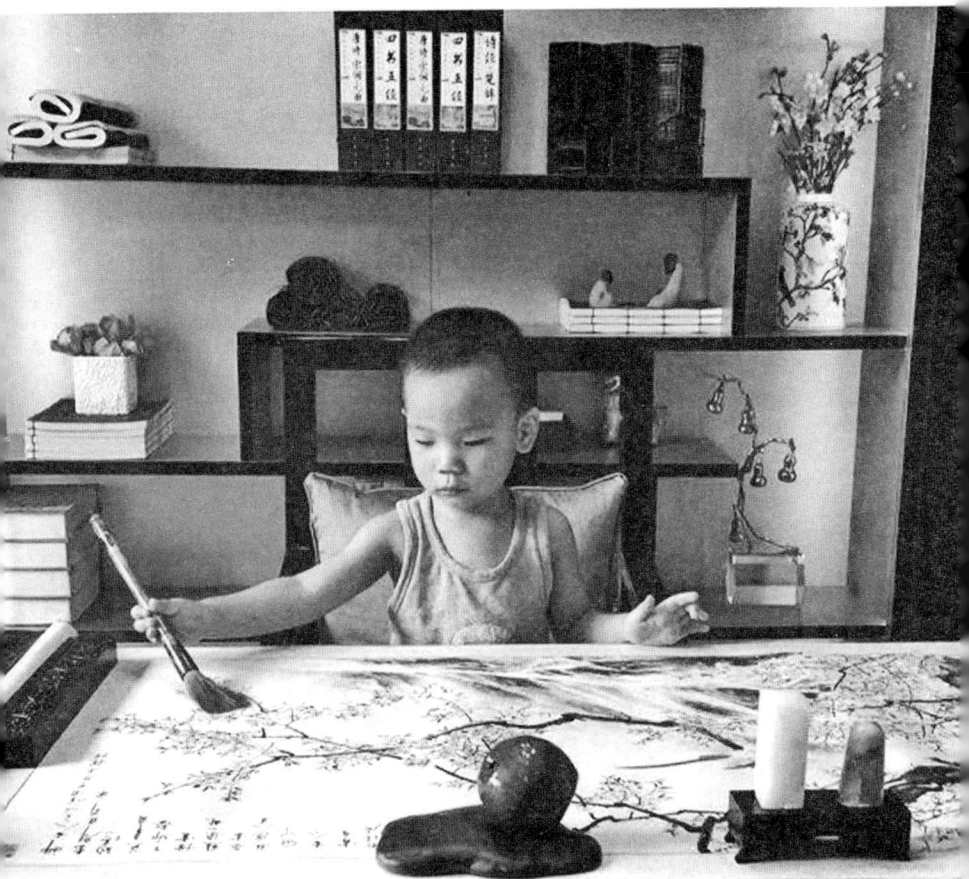

作者小孙子的风采

我的生活

红梅闹文小，
青松白雪场；
撷得香素咏佳句，
乾坤镜日一周村。

朗月争争夜，
今朝子游逸；
昨宵寒风加冻雨，
早起遍地是玲珑。

1976 年 1 月 5 日

老校长上官世坛

老校长是我启蒙入学时候的学区校长，也是我在母校小学当老师的学区校长，还是我成长成才的指路人，他就是我的故乡学区上官世坛校长。

记得我还在初级小学读书的时候，有一天，下课了，在我们班的后排一个个子高高的、文质彬彬的大人手上拿着书本、笔记本和我们一起走出教室，人家告诉我那是学区校长，我感到好奇怎么学区校长要走8公里的山路和我们一起上课？后来才知道官校长就是靠这双书生的脚，穿行于南山学区的各个教学点，那是几十里的山路啊，在二十世纪六七十年代别说是汽车，连自行车也不能骑。官校长就是这样一步一个脚印把学区的教学抓起来。

在"文化大革命"的时候，小学教育虽然已经复课，但是读书无用论的思潮弥漫在学校的校园，学生厌学，老师怕教，校长难管。官校长看在眼里，急在心上。决定开一次全学区的各小学校长会。考虑到校长们从各地到学区的路途问题，要求10点准时到会。开会时间到了，官校长来到会议室，一看还有几个校长没有到，他二话不说，耐心等待。半个多小时过了，最后一位校长来了。官校长说："今天开会要求10点准时到会，请各位校长看看手表现在几点了，在这里开会的是各个学校的校长，如果你们开本校教工会议是这样的话，会不会一拳砸在桌子上，这样的老师怎么教育学生，是误人子弟。"轻轻的几句话，校长们为之一震。官校长没有砸在桌子上的一拳却重重地砸在校长们的心里。从此，全学区的教学质量得到很大的提高，1978年恢复高考，南山学区的教学质量有了坚实的基

础，官校长这一拳也在老百姓中传为美谈。

　　有一次，官校长来到我所在的小学，看到一个新来的民办老师在用功读初中的书，他问小学校长，"那个是谁？"小学校长告诉他后，官校长立即拿出笔记本记录下来，在选送工农兵学员的时候，官校长一而再，再而三地选送该学员，官校长终于把那位民办老师选送成功。要知道在选送学员的年代，多少人挤这座独木桥啊，官校长却把一个于己毫无相干的人推荐出去，真是唯才是举。该学员不负官校长的期望，无论是在学校读书还是在工作岗位，把专业知识作为自己毕生学习的目标。经过一段时间的努力，写出医学专业论文20余篇，同时多次地在省和全国直至国际学术会议上交流，成为专家学者、省医学会专科学术委员。

　　上官校长，我最可敬可佩的人。

2010 年 9 月 9 日

0.618 在生活中的点滴体会

0.618——是华罗庚的优选法中的一个数字,也叫作优选点,还有人叫作黄金分割点。用通俗话说,一个整体(一件事情)的一半多一些,即这个整体的 61.8% 的点上,假设某一事物用数轴来表示,由"0"(0%)开始表示没有或结果最坏,那么数轴上的"1"(100%)符合要求或结果最好。也就是说我们应该把成功立足点放在 61.8% 的基点上,还要考虑 38.2% 困难和失败的因素。

在人们日常生活中一切客观事物交替与人们接触,人们总是想得到最好的效果,然而在这一过程中,必然会出现不少的干扰因素,这就不可能达到 100% 的要求。所以我们说话,做事,在考虑到最好结果的同时,还要考虑最坏结果的存在,如何做好一件事,把它列"0"到"1"的数轴上来选择我们的工作决心,只能选择在"0.618"的点上。因为选择在"1"的点上,会使人忘乎所以,看不到困难的存在,或轻视困难。一旦困难出现就束手无策,全盘皆输,不但得不到"1"的效果,也可能出现副作用,以至起码的"0"的水平可能丧失。反过来立足于"0"呢,使人们悲观失望,把困难看得过大,困难太重,喘不过气来。看到的是前途暗淡,道路曲折。造成软弱无力难以看到有利因素。

所以,"0.618"虽然是优选法的一个优选点。在日常生活也有广泛的意义。

2010 年 1 月 15 日

秋月怡然

连城地名的传说

连城、北团、老营、张家营等一些地名,听起来就像军事编制的一样。好像与军事有什么关系,带着这些疑问和好奇,走访了连城的一些老人。其中一位老人告诉我说,连城就是驻兵的地方,冠豸山又名观寨山,站在观寨山看下去,驻兵的寨栅一个又一个地连绵不断,是驻兵寨栅连在一起的城堡,因此得名——连城和观寨山。

北团的传说有两种,一说是它地处连城北面,驻扎了一个大兵团,因此叫北团;另一说法是在现北团的地方驻扎了一个以北方人为主的大兵团,所以叫北团,总之与驻兵有关。北团的大本营叫老营,所以北团也有老营村,老营里住的都是北团的高级将领。军队出去打仗,战场把敌人战死之外,有时会抓获一些俘虏,一般都要带来老营给将领审问,将领如觉得无价值的,则一声令下,推出斩首。俘虏就会被推到老营附近一个山坑杀头,这个山坑后来叫杀人坑。杀人坑里杀掉太多的人,据说白骨累累,人们对杀人坑产生一种畏惧感,于是就有人说杀人坑里闹鬼,有人牵头募捐了一些钱财,把杀人坑里的白骨捡起来选了个地方做了个很大的墓,并且举行隆重的祭奠,祷告亡灵说:他们的骨骸无法辨认和周全,现在把他们安葬在一起,请来和尚道士超度他们,让他们各自投生去。并告诉他们这是第一次给他们祭祀,以后不再祭祀。因此北团有无祀台,又说那些亡灵都投胎为北团人的后代,所以又叫孙台。

这一说法能否得到考证不得而知,可以认为是一家之说,他把连城的一些地名说得有来龙去脉,让人觉得有点真实感。

101

作者拍摄于闽江公园和烟台山公园

怎样面对乙肝表面抗原阳性

我们在健康体检中一些人发现乙肝表面阳性，约占体检人群10%～14%,乙肝表面抗原阳性的人们有两种情况出现,第一种是当得到乙肝阳性的报告,精神极度紧张,然后到处求医,只要有人说什么药有效就买来吃。另一种是消极的情绪,我乙肝表面抗原阳性,自我表现正常,没有任何症状,不管它。

这两种完全不同的应对方法都有不足之处。正确的办法是,先看转氨酶、胆红素是否正常,如果转氨酶、胆红素不正常,你的肝脏已经受到乙肝的损害,应及时地到肝科门诊去就诊,在医生指导下进行治疗。如果转氨酶、胆红素阴性,你应该去检查乙肝两对半、甲胎蛋白和肝胆B超。如果甲胎蛋白和肝胆B超不正常,你应及时地去看医生,请医生帮你分析病情。如果甲胎蛋白和肝胆B超正常,则肝脏损害比较轻。建议检查乙肝两对半。

乙肝两对半检查结果常见的:1.表面抗原、e抗原、核心抗体三项阳性(1.3.5.项阳性)通常被叫大三阳,大三阳的病情正在发展;病毒正在复制; 强传染性。2.表面抗原、e抗体、核心抗体三项阳性(1.4.5.项阳性)通常叫小三阳,小三阳弱传染性,病情和病毒复制两种a病毒复制慢,病情正在好转表面抗原有转阴的可能b病毒复制慢;病情转为慢性乙型肝炎。3.表面抗原阳性、核心抗体两项阳性(1.5.项阳性)这种情况说明病情、病毒复制、传染性都在中等,介于大三阳与小三阳之间。

得了乙肝表面抗原阳性既不要麻木不仁不管它,这样会贻误最佳治疗机会;也不要草木皆兵,把什么药都拿来吃,这样反而加

重肝功解毒负担。得了乙肝表抗原阳性应该是在医生指导下,积极治疗与自我护理相结合。从目前来讲治疗乙肝表抗原阳性是长期的事情,少部分通过治疗可以转阴也要两三年治疗时间,大部分要长期治疗或终身治疗。祖国医学积累了不少治疗慢性乙肝的经验,在医生指导下每年药物治疗一到两个疗程。自我护理主要培养自己良好的工作与生活习惯,特别强调不能喝酒和戒除其他对肝功不利的饮食,科学地安排作息时间。根据长期观察一些病例得到良好的效果。相反一部分乙肝表抗原阳性病人不积极治疗,不戒除喝酒,没有良好的作息习惯,根据调查数据显示从得到乙肝开始 20 年左右,转化为肝硬化或肝癌。

气象谚语

农民经历了数千年的耕作过程，积累了不少对气象变化的经验，用谚语方式表达出来，以便容易记忆和传扬。现在气象云图预报准确性很高，但是，时间跨度的预测与气象谚语相比还是有欠缺，下面我录入几条气象谚语。谚语中的时间以二十四节气、农历为准。

1. 立春下雨到清明。

注：立春那天下雨，从立春到清明六十天阴雨连绵，以雨天为多。

2. 没有一个天晴端午节，没有一个下雨七月半。

注：端午节一般是下雨天，难得天晴；农历七月半一般是天晴，难得下雨。

3. 芒种雨连连；夏至好晒田。

注：芒种时节下雨多的话，夏至时节就以天晴为主，很少下雨。

4. 晚霞走遍天下，朝霞不出门。

注：晚霞就是说傍晚的时候有彩霞，可以肯定明天是天晴，如果早上出现彩霞一般会下雨，要出门做事情的人不要去，或者要带上雨具。

5. 夜开天半天晴。

注：阴雨连绵天气，如果晚上出现晴天看到星星或者月亮，第二天一般会晴半天。

6. 霜降在月头，卖掉棉被来买牛；霜降在月中，十个牛栏九个空；霜降在月尾，雨雪在正二月。

注：这里的月是一农历的九月为基准，霜降在月头也就是在九月上旬的话过冬不会冷；霜降在月中就是霜降在九月中旬里，冬天很冷，十个牛栏的牛冻死九个了，会非常的冷；霜降在月尾，就是霜降在九月下旬里，冬天不冷，正二月会冷，出现倒春寒现象，会下雨下雪。以2016年为例，霜降在丙申年九月二十三，在九月下旬，所以在2017年农历丁酉年正月下雪下雨，这是很典型地说明这一谚语的预见性。

7. 日晕长流水，月晕草头死。

注：日晕月晕就是在太阳月亮周围会出现一个环，这个环可能是云雾形成的，以前我有见过。如果太阳出现这样的环就会未来不远出现雨水连绵，可能出现涝灾。月晕就是未来不久会出现比较长时间不下雨、草头都会被晒死的现象。但是日晕和月晕如果有开口，或者说有缺口，涝灾旱灾不一定会出现或者不会那么严重。

8. 冬至晴除夕雨，冬至雨除夕晴。

注：这句是容易理解了，冬至那天如果天晴，除夕就会下雨；冬至那天下雨，除夕就会天晴。

育儿手记

添　丁

　　我经历了漫长的 31 年生活奔波，终于在龙岩市某医院立足下来。日历翻到公元 1982 年 10 月 17 日，那天晚上，我在医院科室值班，8 点左右，在丈母娘的陪同下，老婆来到我的值班室，告诉我可能要生了，我赶紧把老婆送到妇产科，产科医生接待了她，问询了一些事情，进行了常规检查，确定是快要生了，做了一些必要的产前准备工作。

　　我回值班室安排好值班事宜，再回产科陪伴老婆，这时候看到她腹痛一阵紧一阵，疼痛的时间间隔越来越短，疼痛越来越加剧。脸部表情疼痛难耐，全身痉挛，我把手抓住她的手，她好像抓住了什么，非常大的力气抓住，生怕会丢掉的一样，助产医生不时地说"再用力一点"，指导着她。整个产房里只有产科医生的指导声，产妇的一声接一声的嘶叫声，医疗器具的撞击声，其他的一切，非常的寂静，哪怕一根针掉在地上也可以听见。过了一会，在产妇的持续用力的作用下，"哇啊！"清脆的一声婴儿的啼叫，打破了产房的寂静，回荡在黎明前的夜空，产科医生一阵忙碌后，双手高高地托起孩子对孩子妈说："恭喜你，生了一个男孩子。"在此时，我与产妇都升级了，她做了妈妈，我做了爸爸。时间指向 1982 年 10 月 18 日凌晨 3 点 33 分。

　　孩子妈，抬起头看了一眼，用手抹去挂在眼角的泪花，幸福地笑了，我看了一下孩子，在产科医生的手里，一个红扑扑的从头到

107

脚皱皱的小家伙手舞足蹈的,好像要挣脱医生的手,出去做什么事情的样子。产科医生为小家伙洗了第一次的澡,称了第一次的体重,3公斤,产科医生在为产妇处理产后事宜的时候,我觉得应该给孩子妈吃一些什么,同时要回去给孩子的外婆报告平安了。

儿子的降生,给我平添了许多的喜悦,让我浮想联翩,在我懂事以来家里贫寒、饥饿和寒冷不断地威胁我们家,只因为我的爸爸妈妈身体残疾,苦力持家,在新中国成立30多年,全国人口翻了一番多以后,我家人口不但没有增加,反而减少。今天,我做爸爸了,添丁了,我心里当然的高兴。心里想着许多事情的时候,一会我到家了,因为我家就住在医院里。才刚刚靠近我的家,我就大声地叫丈母娘,"妈妈,秋兰生了,生了一个男孩子。"丈母娘赶紧为我开门。原来老人家根本就没有睡,她是一个基督教徒,一直在为外孙的降临做祈祷。

当我再来到产科的时候,天已经大亮,人们开始了新的一天工作,安顿好孩子妈,我去看看孩子。婴儿房里已经有三张婴儿床,我看了一下牌子,中间的小床上的是我的儿子,就在这过程中,不知道是我惊动了小家伙,还是儿子感觉爸爸来了,他"哇啊!"大叫起来,他的叫声叫醒了两边的大姐和大哥,他们同时就哇哇叫着抗议了。这时我的小家伙感到奇怪,在这里还有其他的新朋友,他不叫了,当左边孩子叫,他的头微向左边,当右边的孩子叫的时候,他的头微微地向右边。我在那里慢慢地审视这小家伙,像蚕茧一样的婴儿包里的一端露出了小小的头,大概是由于空气和气压的作用,小家伙的头不会像刚刚生的时候那么皱了,工整的五官分布在那张小小的脸上,他的眼睛也许是刚刚来到这个世界,大多数时间是闭着的,也许他的脸太小分布不下两个眼睛,把眼睛眯成了少了一点的正反面的"之"字。当他睁开眼睛的时候,那一对瞳仁水灵灵的活脱脱的,玲珑剔透,炯炯有神,那是我家的活宝石,深深地印在我的脑海。

我把这一喜讯告诉了老家的姐姐,我没有爸爸妈妈了,姐姐就

108

是我家的老大,姐姐好高兴,按照乡下的习惯,还请人家看了黄历,是1982年九月初二寅时,即狗年,狗月,狗日,寅时所生。

取　名

我有儿子了,应该给儿子取名字。名字是人们在社会活动中互相交往不可或缺的一个符号,那就简单了,可以随便。所以桥桥、水水、大山、大路为名都可以。但是我希望儿子有所作为,不能够太简单。在家族活动中很多按照辈分取名,这样一目了然就知道辈分的高低大小,比方说我是谢屋村谢氏第二十八世,按照祖宗规定以正大光明排辈取名,我叫正山、正水都可以,这样一看就知道我是谢氏二十八世。我儿子是二十九世应该叫大什么,即大庆、大发为名都可以,但是我觉得大字当头,好像与我名不副实啊,我觉得自己很渺小,没有一点大的行头,我儿子也大不了哪里去,我只希望他平平安安地做一个对社会有用的人,不要成为社会的负担就很好。所以我认为名字隐含了父母亲对孩子的愿望,寄托了父母亲的许多内涵。根据这一想法,我希望孩子名字是平凡,内涵丰富的,想用凡作为名字,我认为包括所有一切,做一个简单平凡的人。但是当时正在批两个"凡是"的活动,所以就犹豫了。

由于我家在汀江河支流的河畔,从小就经常在那里玩水,我对水有了独特的喜欢。在我家附近有好几处的泉水,人们在那里路过,或者劳动休息,都会用手捧一捧泉水解渴,那时候的一捧泉水让人甘畅淋漓,我至今难以忘怀,在后来一段时间用清泉作为我的笔名,这与泉水给我留下美好回忆不无有关的;在当时广播里经常播送《泉水叮咚》的歌,我也跟着一起唱,随着《泉水叮咚》的歌声我儿子的名字在我的脑海慢慢地出现了。

"泉"!多好的名字啊!

泉!是江河之源,海的故乡,源远流长。我希望我的后代像水一样源远流长,源源不断。

泉！从字面上说是"白""水"组成，白水是纯净的水，化学结构的分子式 H_2O，能够溶解许多物质，在生产科学实验中是很好的溶剂，与许多的物质有很好的亲和力，成为人们生产生活不可缺少的物质。我也希望我的儿子在社会活动中，成为人们不可缺少的一个分子。

泉！是白水，具有物质的三态。

在液态的时候，是无色，无味，无形。可以清澈见底，一目了然，诗人是这样说的"泉泉泉泉泉泉泉，粒粒珍珠颗颗圆"，人们在生活中用水的无味，调配出芬芳四溢的各种香水，煮出无数的美味佳肴，也涤荡着人们生产生活中污泥浊水。几乎在人们的生产生活中无处不在，无所不能。它可以随着容器的变化而变化自己的体型，方的则方，圆的则圆，长条的就长条而变化，它汇集在一起形成江河湖海，养育了无数的水族生命世界，灌溉了广博的原野，还为人们提供了舟楫之便。我希望我的儿子与水一样，无论在何时何处，都能够给社会带来好处，成为社会的有用之才。

泉之白水在低温的作用下，变成固体，它曼舞在空中为雪，挂在悬崖是冰川，站在树梢是雾凇，趟在江河湖海成坚冰。为丹青妙手、文人墨客提供了无穷的物质的素材，写出了无数的冰雪诗篇，描绘出多少皎洁世界胜龙宫的美景。我希望儿子的未来能够创造出像水一样的生活诗画。

泉之白水在高温的作用之下，升华到空中，飘飘然也，在低空凝聚在一起为雾，升腾到高空为云，在蔚蓝的天际，变幻莫测，有时深浅不一的白色，有时浓淡相间的墨黑，有时色彩斑斓像油画。让人浮想联翩，让人神往。连有上天入地本事的孙悟空等神仙们，也要借助它为交通工具。我希望我的儿子像水一样，灵活机动变幻莫测，应变社会生活。

"泉"！就用这个字为我儿子的名字，它能够承载我对儿子无限的希望。也希望儿子长大了知道这个名字的内涵。

住　院

我上班的医院是龙市医院,她的前身在 1949 年前是厦门鼓浪屿救世医院,1949 年后改为厦门鼓浪屿医院。"文化大革命"期间改为福建建设兵团一师师部医院,搬迁到龙市。"九一三"事件以后,建设兵团撤销,医院又改为龙市煤矿医院。当地人们认为这家医院技术水平高,服务质量好,留下很好的影响。林彪事件的暴露,建设兵团的撤销,医院的职工认为,当时的医院搬迁是错误决定,需要纠正。经医院多次的上访,省卫生厅决定原厦门来的职工逐步地返回厦门安置,因为鼓浪屿当时已经有厦门第二医院进驻,不能够整家医院迁回,只能够分期分批地回去安置,煤矿医院改为龙市第二医院。由于医院的职工大部分回厦门,技术质量受到影响,必须马上解决。我就是这时候来到这医院,被派到省立医院进修。

我来到省立医院,刚刚上班第三天,说我有电报,要我到收发室领取,我想,我儿子才出生 20 天我就肩负任务来省城,会不会儿子他们母子有什么事情呢,我好焦急,三步并作两步来到收发室,打开电报果然说"儿子病重,速回"。我进修的科室主任与老师们知道后,催我赶紧回家。

我日夜兼程地回到我自己工作的医院,一头扎进病房,看到孩子失去了本来的活泼,比我走的时候更瘦了,头上扎着一根针,连着输液管,静静地躺在床上。

孩子妈抹了一把眼泪说,我去福州的当天晚上孩子发烧,哭闹不止,只好到医院去看门诊,住院。经过输液治疗不见好,请了小儿科专家来会诊,(当时我医院没有小儿科)诊断为新生儿败血症,需要用氨苄青治疗,那时候医院还比较混乱,药房根本就没有氨苄青,为了孩子的病情,马上到医药公司调进,我到家的前一天才用上去,病情好转,高烧退下,孩子才安宁下来。我一听五雷轰顶,那么凶险的病啊! 要闯过这一关还要阎王爷高抬贵手的。

一天 我在病房照顾孩子的时候,护士来打针,按照常规消毒后,护士把注射器的针头在小家伙的屁股上用力地扎下去,只听到"咔嚓"一声,小家伙从我的怀里蹦了起来,尖叫着,"哇啊!"我知道针扎到骨头了,那疼痛是可想而知的。护士吓得满头大汗,不知所措。她没有想到孩子瘦小,肌肉少,扎针的深度要根据情况扎深扎浅,她按照平常的方法处理出现错误,我也不好说什么,只是看了她一眼说:"以后要根据实际情况打针。"那一针扎在孩子的身上,却重重地疼在我的心里,也鞭策我对医疗技术的认真学习研究。

孩子住院期间我除了在病房照顾孩子,就是到检验科帮忙,在帮忙过程中发现孩子的检验指标,白血球每立方毫米一万以上,白血球分类:中性分叶细胞80%以上,淋巴细胞20%以下,其他指标基本正常,血液培养还没有出来,在当时我对细菌的检查比较熟悉,我到细菌室一看,液体培养瓶液体已经浑浊,说明细菌已经得到增菌,我画上分离的碟子,24小时果然分离出很纯的菌落,经过显微镜检查,是格兰仕阳性四联球菌。所以诊断为败血症是正确的,用氨苄青霉素效果很好,能够在用药后马上见效也是必然的,假如是葡萄球菌,特别是溶血性葡萄球菌就麻烦大了,效果不一定有这么显著,这是不幸中的大幸。

小家伙生病期间我的亲友前来探望,我的堂哥也来了。我的堂哥谢正标在第五次反围剿失败后,中央红军撤退的时候瞒着家人,跟随红军走的,那时候他才16岁,个子矮小,背一根步抢也没有办法,红军首长就把他分配到朱德身边做警卫员,兼养马。跟随朱德走完两万五千里长征,参加过抗日战争、解放战争的历次著名的战役和战斗。他抱过小家伙说:"来,孩子,我抱抱,我枪林弹雨都不怕,南征北战回来了,今年80多岁,祝你长命百岁。"这是一个南征北战回来的老红军的祝福。小家伙多么的荣耀,多么的幸福啊!

经过一段时间的治疗,儿子闯过了一场灾难,康复出院回家,我回福州进修。

吃 饭

经过生病这一场严厉的考验,儿子很瘦弱,非常需要营养,在那个食品枯乏的年代里很难买到代用品,孩子妈本身也瘦弱,很少奶水来供给孩子长大的需要, 怎么办呢, 那个时候是买不到米糊的,只好自己把大米用水润湿后去磨房打米粉回来,吃了几天效果不错,但几天过了后孩子吃了米糊会拉肚子,啊! 原来是春雨连绵米粉干不了,发霉了不能吃,没有办法,又发现有炼乳卖,赶紧卖了回来,调和着给孩子吃吧,小家伙可能是饥不择食很爱吃,但是每次吃过不久就会吐,我们一直以为是喂奶的方式不对,总是按照人家指点的方法去做,就是改变不了。

一次,孩子妈上街去了,我在家里带孩子,两个小时左右,小家伙开始闹了,我想他已经饿了吧,也调炼乳给他吃,他大口大口地吃,一会吃饱,就不闹了。没有想到又过一会,小家伙一个饱儿,嘴巴两个鼻孔三管齐下地吐出刚刚吃下去的炼乳,我慌了,不知道是怎么一回事,只见小家伙没有哭闹,眼泪挂在腮边,嘴唇红红的,鼻孔门也红红的,我在想,是不是吃得太多了呢? 不对,我是定量的,不会太多;是不是感冒了呢? 也不对,小家伙很正常,没有感冒的症状。我带着这问题,等小家伙的嘴唇不会红的时候,用刚才调炼乳的汤匙沾上一些炼乳,在小家伙的嘴唇上轻轻地一碰,小家伙的嘴唇红了,我恍然大悟,小家伙是对牛奶过敏啊,他不能够再喝牛奶了。

小家伙妈妈的奶不够,米糊会发霉不能吃,牛奶会过敏不能喝,怎么办呢? 做过父母亲的人一定体会得到我当时急成什么样子,于是我开始用稀饭汤来代替牛奶,小家伙有 3 个月大的时候我就用比较稀的稀饭作为孩子的日常食品了,随着月份的增多,小家伙的稀饭也慢慢地增加了稠度。6 个月的时候我就开始试喂干饭了。再加一些青菜、肉汤什么的。开始是小半碗饭,慢慢地增加到大半碗,一

周岁的时候就要一碗饭。

喂饭其实是带孩子的一门特殊的功课,很值得研究,记得我给孩子喂饭的时候,我把有饭的汤匙放在小家伙的嘴边,让小家伙自己吃到嘴里,因为小家伙没有像大人一样地认真吃饭,容易把饭粒掉在地板上。一次我去朋友家玩,朋友的孩子比我的孩子大两个月,也要喂饭,人家喂的时候,就干干净净,不会到处是饭粒,原来,他是把饭倒进小家伙的嘴里,我回来也照样做,结果吃饭的地方是干净了,两三天后,小家伙吃几口饭过后就会吐,不肯吃,我想什么原因呢?我就打一汤匙饭往自己的嘴里倒,我的咽喉就觉得痒痒的想吐了,原来是当你把饭倒进去的时候碰到咽喉,刺激咽喉发痒,形成呕吐的反应,当然就不想吃了。我的老方法有调动大人与小孩共同的积极性,我好像发现新大陆一样,要改过来,但是一个好方法的形成,克服一个坏习惯也不是那么容易的,需要相当的过程。

每个父母亲都希望自己的孩子快快地长大,希望孩子多吃一些。我也不例外,也变着法儿让孩子多吃一些,什么装癫卖傻,喂一口饭,装酷傻笑,又一口饭;跟着孩子跑一圈再来一口饭,操场到处追,院子里团团转,时间花了不知道多少,才吃了半碗饭。哎!怎么办呢?直到孩子妈要上班了请来了一个老太太,帮助带孩子,这种现象才结束。

我请来的老太太是一个 70 多岁的老太太,是 20 世纪 20 年代南昌女子中学毕业的。瞿秋白、郭沫若是她的老师,那个时代的许多风云人物都在她的母校任过课,据厦门党史资料报道,她的丈夫是当时国民党反动派出三千光洋要捉拿、一个赫赫有名的马列主义传播者、共产主义运动的先驱、中共在福建最早的组织者和领导者。由于与陈独秀意见不一致,被开除出党。隐姓埋名在江西谋生直到 1949 年后回家乡的李觉民,老家叫李占先。老太太于景修我家的时候,曾被厦门党史办请去厦门讲述李觉民的经历。

小家伙在老太太的面前服服帖帖,也不知道老太太有什么魔力,吃饭的时候乖乖地坐在老太太的对面,老太太一口一口地喂,一碗稀饭在比原来快了不知道多少时间就喂完了,小家伙才可以自己去玩。

一次,老太太回家,我照样给孩子喂芋仔饭,小家伙很喜欢吃,一碗饭吃完了又吃了半碗,还再吃了几口,我不敢再喂了,过了一会,小家伙不舒服了,我问哪里不舒服,小家伙摸着肚子难受,我认认真真地想,哎呀!吃得太多了,芋仔饭不好消化的啊!我只好在小家伙的肚子上按照顺时针的方向,一次一次轻轻地抚摩,才解决了问题。芋仔饭教训了我,孩子不知道要吃多少饭,好吃的就多吃,不好吃的就少吃。我估计了孩子的饭量,一碗稀饭再加一些菜就可以,不能够多吃,按照这个饭量直到 6 个月以后改成大半碗的干饭,一周岁后增加到一碗干饭。从此小家伙再也没有吃得太饱肚子不舒服的问题。

又一次,到吃饭的时候,老太太告诉我小家伙不吃饭,我说身体没有问题吧,老太太说没有问题。我简单地检查一下确定老太太的判断正确,我说为什么呢,老太太说小家伙刚才吃了饼干,我想了一下,没有问题,对老太太说,不吃就不吃吧,今后那一餐不吃饭,那个半天不能够吃点心,老太太说他会饿怎么办,我说,不要紧,饿一餐不会饿坏的。老太太就按照我说的做,小家伙再也不会不吃饭了。

到小家伙上小学的时候,每餐都是一碗饭,当然还有菜,早上做干饭来不及我就头一天晚上多做一些,第二天早上,打一个蛋,加一些青菜炒在一起,小家伙三下五去二就吃完上学去了。在那一段时间,小家伙早餐不吃稀饭,他妈妈说我把小家伙宠坏的。我认为这不是宠坏,是实际生活的需要,孩子在家的时候可以吃一些点心,到学校就不行了,再一方面,孩子大了活动量增加,一碗稀饭抵挡一上午是不行的,小家伙要求吃干饭是对的,我们做父母亲满足小家伙一碗干饭的能力还是有的,应该做到。

在带孩子的过程中,让孩子吃饱饭是一门必修课,方法是否正确直接影响孩子的习惯,与健康。所以身为父母的人要好好地研究总结提高,让孩子吃饱。对后人会很大的帮助。

小家伙的睡觉

小家伙回到我上班地方后,因为带他到阿婆年事已高,我不能够让她太辛苦,所以晚上小家伙基本上和我一起睡。小家伙也很懂事,我如果值班去了,一般他会早早地和阿婆睡觉去,如果我出门办事情去了,他就会等我回来才睡觉。值得讲的是小家伙和我确实配合很好,回到我单位后一个月就不会尿床了,也就是晚上不要换尿布了,那时候他才一岁零一个月啊,我很高兴,也觉得轻松了许多,可以睡安心觉了,其实这也是培训出来的。

记得小家伙回来的时候一个晚上也要换几次尿布,我在想单换尿布不是办法啊,要怎么样调动孩子的主动性呢?我就在他要睡觉前让他把尿撒干净,睡觉过程中他如果醒了就问要不要撒尿,开始他不会回答,就抱他撒尿,慢慢地他就条件反射地听懂爸爸的意思,有尿就顺从地去撒尿,如果没有尿就不愿意去,这样就提示我小家伙不要撒尿,我也就不勉强他,他很快就睡回去了。几天后他晚上就基本上不要起来撒尿,我就轻松了。我可以睡安心觉了。

在我安心睡觉的时候,一次我感觉左耳朵被什么抓住,鼻子和脸一次一次被冰冷的东西触碰到,我醒来听到小家伙嘴里说:"爸爸,尿尿,爸爸,尿尿。"我还以为他把尿拉在我脸上了,马上我就坐起来,抱住小家伙,告诉他,"别急,我马上抱你尿尿。"这次事情告诉我小家伙对于晚上撒尿我可以高枕无忧了。因为我要是知道他醒来,可以问他要不要尿尿,要是我不知道他醒了,小家伙要尿尿会把我叫醒了,我非常的开心。对于这件事,我觉得做得很好,小家伙配合得很好,从此对尿尿问题我就放心了。

可是,小家伙妈妈回来当天就不叫了啊,而且一个晚上撒3次尿,要换3次尿布,我觉得好奇怪,我就认认真真观察。原来是他妈妈一个月才回来一次,和妈妈一起玩得很开心尿也很少了,他妈妈也只顾开心地和孩子玩,玩得孩子很累了,就放到床上睡觉。结果过一会,小家伙刚刚睡着就要尿了,尿出来尿布湿湿的,他马上意识到就不敢再撒,换好尿布,他又睡了,一会儿刚才没有撒完的尿又撒出来了,尿布湿了后又不撒了,尿布换好后又睡回去了,过一会小家伙真睡着了就把剩下的尿全部撒出来了。一个晚上3次的尿床的根本原因在于睡觉前没有撒尿。我就监督他睡觉前一定要撒尿,从此再也没有尿床了。

小家伙人生多少个第一次

人的第一次是很值得回忆的,那是人生第一次啊!很多人第一次因为自己太小忘记了,却深深地印在爸爸的脑海,就我家的小家伙多少的第一次,今天看来是微不足道的,可是第一次对小家伙是那么的艰难,又是何等地震撼父母亲的心,我尽可能地记录在这。

小家伙第一次翻身

刚从婴儿房回来的时候小家伙总是脸朝天地与父母亲哼哼哈哈,脸上不断地变换着表情,再加上手舞足蹈,有时灿烂的笑声也把我带到了幸福的境界。过了几周,小家伙就不满足这样了,小家伙一边的手与脚被自己的身体压住,另一边的手脚用力地挣扎,他妈妈知道小家伙想翻身过来,伸手要帮助他,被我阻止说:"让他自己翻过来吧,我们不能够一辈子帮他的,从现在起就要养成自己解决问题,其实他已经找到解决问题的办法了,你看看他一边的手脚用力,另一边不用力。"我的话还没有说完,小家伙翻身成功了。两只手把上身吃力地撑起来一点,抬头看着我们,好像说:"你看我翻过来了。"我们在旁边感到非常的欣慰,一边鼓掌一边说:"小家伙好样的,你成功了。"那天他翻身成功后,也许他长大了,更重要的是他掌握了翻身的办法,能够很顺利地翻身了,随着时间的增加,小家伙会爬,会坐着玩了。

秋月怡然

117

小家伙第一次大喊"爸爸"

小家伙第一次说话不是文章里说的"毛主席万岁"也不是常人叫的"妈妈"。你猜说什么？

1982 年的冬天非常的寒冷，很少下雪的南方，也下着大雪，雪花经常从窗户的缝隙里钻进来，窗台上也堆积着雪。在一个阳光明媚的中午，比较暖和，我准备给小家伙洗澡，我兑好热水，把小家伙的衣服脱了，怕他会冷，紧紧地抱在怀里，要放到水里的时候，小家伙紧张起来，一个鲤鱼打挺，脸马上朝我这边，小手紧紧地拽住我的衣服，非常清晰以最大的声音叫："爸爸！"这声音震撼了我的住房每一个角落，震撼着我的心，这是一个孩子第一次对爸爸发出的呼喊。更重要的是当时他才 3 个月左右，根本不会说话的时候，能够这样准确无误、清晰地大叫"爸爸"确实让我幸福到现在，也鞭策我做好爸爸的职责，尽量地让小家伙快乐健康地成长。

小家伙已经 6 个月了，他妈妈要回银行上班了，小家伙与妈妈一起去上班了。银行里来了这么一个瘦瘦小小的，但是很调皮的小家伙，大家都高兴。因为刚刚过年不久，小家伙就学会了给人家作揖恭喜，来到银行，小家伙妈妈也要求小家伙给大家恭喜，小家伙就给一个一个地作揖恭喜，直逗得哄堂大笑。可是有一个人不相信小家伙会作揖恭喜，小家伙就不给他作揖恭喜，大家怎么哄小家伙给那个人作揖恭喜，他就是不愿意，为什么会这样，到现在还是一个谜。

小家伙第一次长时间地离开妈妈

小家伙与妈妈在乡下银行，生活起居不方便，周岁的第二天我就接到医院里与我住在一起，小家伙从此与爸爸朝夕与共。我就当起了爸爸也做妈妈了。当然还有老太太的帮助。

小家伙想妈妈

小家伙和我到医院的第二天就去托儿所了，每天我上班，他举着小手摇摇，"再见！爸爸再见！"我下班，他也放学回家。我基本上就陪他玩。有一天晚上，不知道怎么样他哭闹不止，我认真检查没有生病啊，我怎么哄也没有效果，我真的生气了，就说："你没有道理地哭闹，你再哭，我就走了。"他继续哭，我就走出房间在外面站着想，到底是什么一回事啊，让他哭得这么伤心，就是想不出一个结果来，过一会我回家里告诉他不要哭，爸爸抱你好吗？他才说好，不过这个事情我一直记在心里，到底怎么让他那么伤心，一直想这个问题，后来两件事情让我知道，小家伙是在想妈妈了。

一天，我休息在家里，放学的时候我就去接小家伙，小家伙高兴拉着我告诉大家，"这是我爸爸。"大孩子就说："你妈妈呢？"他看了我一会，也指着我不说话。有的孩子就起哄了，说："那是你爸爸，你没有妈妈。"小家伙好委屈哦，但是有说不清楚啊，到底怎么一回事，大家都有妈妈来接，我没有啊！我心里也为小家伙委屈，我想小家伙那天晚上哭闹也许就是想妈妈了啊！又说不出来，只有哭的方法来申诉自己内心的委屈。于是，小家伙很喜欢到路口玩，因为小家伙好几次在那里接到妈妈。

有一次小家伙妈妈回来了，就到托儿所去接他回家，他看到妈妈不知道如何高兴，但是一件让他不能够忘记的事情激发他，马上牵着妈妈走到小朋友面前，很郑重地告诉小朋友们，"这是我妈妈！这就是我妈妈！"然后就投入妈妈的怀抱。其实他是在告诉小朋友：我有妈妈，我妈妈今天来接我了。

小家伙人生第一步

小家伙婴儿期生病，加上母奶不足，牛奶过敏不能喝，唯一的营养就是吃一些瘦肉汤。在那个食品枯乏的年头，瘦肉汤也是有限

秋月怡然

的，一个人只有半斤的肉票的配额，肉铺的瘦肉大家都想要，肉铺的伙计总是把肥肉塞给我这样毫无关系的人。当时小家伙的妈妈还在乡下的银行，我们父子两个就只有一斤肉票配额，由于没有冰箱，不能够一次买完，要分几次，这样的瘦肉就很少了，只能够蒸一小碗的汤了。所以小家伙很瘦小虚弱，一周岁了只会摸着墙壁走，不会单独走路。

一次我抱着他在门口玩的时候，他看着一个比他大几岁的孩子单独在玩，有几分的羡慕，我抓住这个机会说："那个小朋友多厉害啊，你能不能过去与他一起玩？"小家伙二话不说就挣脱我的怀抱，溜到地板上，自己迈出了人生的第一步。又一步，再一步，连续走了十几步。我在后面看到好高兴，好啊！小家伙，你迈出了艰难的第一步，是伟大的第一步，漫长生活的第一步啊。从那以后，小家伙就自己"叮咚、叮咚"地迈着艰难步伐，到坚实的步伐，走过昨天，走到今天，还要走向未来。

小家伙的玩具

小家伙开着火车、汽车去北京，上天安门。在那个年代，食品枯乏，用品也枯乏，连儿童玩具都枯乏。小家伙的天性与任务就是玩，没有玩具不行啊，小家伙办理了独生子女证明，才分配了一张玩具票，买了一个魔棍，到现在也还在。那个玩具其实是成人玩的智力玩具，可以变很多的形状，小家伙只能够随手抓一些手帕、纸张当作玩具，会走路了，就把家里的大大小小木板凳排成一列，他坐在前面，嘴里说："嘟嘟！火车来了。"因为我家前面不远有铁路，火车在那里过的时候他已经是司空见惯了。真火车会动，他不满足自己火车不会动，于是小家伙摇动着自己的车头动起来，可是车身不会动啊，小家伙就把车头往前挪，车厢一节一节地往去挪，小家伙的火车在自己家的铁路上一圈一圈地转动起来了。小家伙又不满足这样的火车了，他需要有惯性的车。于是小家伙就在后面推火车，但是太长了推不动啊，况且小家伙的每一节车厢是四个脚的，没有轮子根本就推不动。难不倒小家伙，小家伙又把板凳的脚全部朝天，这样一推果然动起来了，但是问题又来了，小家伙的火车不会转弯啊。问题难不倒他，小家伙通过考虑，来了一次精兵简政，车厢全部不要，留下车头像汽车一样，他在那里摇一摇，"嘀嘀！汽车来了，呜……呜……"他的汽车就顺利地按惯性转起来了。我问："你的车要去哪里？"小家伙很自豪地说："到北京去！""去北京做什么？""要去北京天安门。""去天安门做什么？""去了以后告诉你。"哈哈，这就是一个萌童的梦想，也是最初的愿望。

小家伙读诗

小家伙背诗，用诗，吟诗。小家伙虽然很早会叫爸爸，但是很迟才会说话，因为，我没有教他说诸如"碗碗、筷筷"的儿童语言，我们在一起说话都是成人语言。但是，他开始会说话以后就会整句地说，所以老太太就教他背过许多诗歌。比如："鹅！鹅！鹅！曲项向天歌"，"小小孩儿郎，骑马上学堂"，还有"独钓寒江雪，床前明月光"，等等，我不能够在这全部记下来。许多诗，我也是第一次才知道的。

一个中午我扛着锄头准备去参加打扫环境卫生，刚刚走出门，一个童齿的声音一板一眼地在我的后面响起，"锄禾日当午，汗滴禾下土；谁知盘中餐，粒粒皆辛苦。"这是我的小家伙在吟诗，他是看到我扛着锄头出门自然地吟唱，体现了一个萌童对诗歌的初步理解，自觉或不自觉的应用。我心里暗暗地说：小家伙厉害，现在就知道诗歌的应用。

小家伙一周岁多的一个晚上，因为，我那时候家里没有电视机，孩子睡得比较早，我在房间看书，一墙之隔的邻居家里有电视，怕吵声音一般是比较小，但是调台的时候偶然声音比较大。那天调台一段比较大的歌声把小家伙吵醒，小家伙开口就说："夜半歌声到床前。"我听到小家伙声音，放下书本，去照顾他，问他说什么，小家伙重复一次"夜半歌声到床前"，我一听，觉得这是诗啊，似乎哪里

有听过,又没有听过的样子。哦,我想起来了,小家伙刚刚学了一首张继《枫桥夜泊》的诗歌,其中有"夜半钟声到客船"之句,小家伙有诗歌的意念在心,在睡醒的时候朦胧之中隔壁歌声来到床前,不由自主来了这么一句,也可以说是一次对诗的成功领悟运用吧。

1994 年,小家伙上五年级了吧,我去长江三峡旅游,在凭吊张飞庙的时候,回头看到长江上拖了一条小小的救生船往上游开,那条空空小船在大船的后面左左右右一直要向前冲,好像要超过大船的样子,我突然想起"野渡无人舟自横"的诗情画意,这不是"无人轻舟争上游"的诗画吗。是啊,我想做不出诗,写一个对也很好,作为我游长江三峡的留念,可是搜肠刮肚也没有办法写出下句,回来以后,我一直想这个问题,就是不得其解。小家伙放暑假,我们经常一起出去玩。我突然想起我的对不出来的对子,问小家伙能不能对。真是长江后浪推前浪,小家伙听完我说:"无人轻舟争上游",他马上对出"有志之士霸天下"。无人轻舟与有志之士相对,争上游与霸天下也相对,我心里说:"小家伙,有志气。"

小家伙初与人共处

小家伙刚刚出生被病魔折腾,营养相对差,长得又瘦又小又黑,在同龄的孩子中相差甚远。为了孩子的未来我还是让他上托儿所,与其他孩子们在一起,培养集体观念,初学与人共处的本事。

小家伙刚刚去的托儿所一个星期还是很高兴的,也爱去,慢慢地就不愿意去了,我们要花好大的工夫才能够把小家伙说服去托儿所。后才知原来是在托儿所挨打不敢去。

人生的道路是坎坷曲折的,前途往往是荆棘丛生,又黑又瘦的小家伙在托儿所幼儿园就开始遇到芒刺了,经常被其他的孩子打,怎么办呢?最好的办法就是自己拿起大刀披荆斩棘,但是他还小不知道这个啊!怎么样让小家伙懂得这个道理呢,应该从挨打到不要挨打这里入手开始培养。

一天,小家伙回来好委屈地哭了,并告诉我说:"伟伟打我。"

哦！小朋友打架，我做家长的怎么办呢？这是一个简单有常见的问题。我要好好地了解一些情况，"你有打他吗？""没有。"我只好安慰小家伙说："你不要打他，他打你你就走开。""好。"我带着这个问题了解了一下"伟伟"原来就是比小家伙早一天出生在三个婴儿床中旁边的一个小家伙，他个头在同龄人中显得高大，独生子女比较宠爱，所以在托儿所称王称霸也是自然的。而且经常地打其他的孩子，我的小家伙当然就是被打的对象之一，怎么办呢？每个家长也不喜欢自己的孩子被打，我也一样。

怎么办呢？我束手无策的时候，正好在书里看到一篇文章说，你的孩子被其他的孩子打了怎么办，中国人就多数就教训自己的孩子说："你怎么跟人家打架？"孩子挨打还被父母挨骂，很不公平。而美国人却是问你打赢了没有，赢了是好样的，要表扬，输了是活该。我觉得中国人的这一做法肯定不对，美国人的做法不是完全对。

今天小家伙回来又哭着说："伟伟打我，我跑掉，他追上来打。""你有没有先打他？""没有。"我认认真真地告诉小家伙，"爸爸不能够帮助你打，你们小朋友打架，你一定不能够先打人，如果谁先打你，你要把他打倒，打哭，爸爸会表扬你勇敢，知道吗？"小家伙擦干了眼泪说："知道。"

小家伙打架

一天，我正在做饭，小家伙被阿婆接回来，一进门就几分的害怕，几分的激动，口吃地说："我，我把伟伟，打哭了，打出血来了。"我觉得问题严重，赶快放下手中的活问："你怎么打他的，你把事情告诉我。""伟伟打我，我跑掉，跑到墙边，没有地方去了，旁边有一根棍子，我抓起来，就打过去，把他打出血来了，他哭了。""你有没有先打他？""没有。"我听到这松了一口气地说："你打得对，勇敢！爸爸表扬你。"就这么一次伟伟和其他的小家伙再也不敢打我的小家伙，我的小家伙从此就不会挨打了。但是，伟伟还是在打其他的孩子，他父母亲也没有办法，读小学后，他还是经常打其他的孩子，

其他的孩子就愤愤地说:"你只会打我们,你敢不敢打他。"指着我的小家伙,这时候的伟伟打得高兴的时候被人家一激,他就把拳头就打向我的小家伙,我的小家伙旁边一闪,手轻轻地一扫,伟伟就狗啃泥地趴在地上,小家伙再跨回去,骑在伟伟的身上,只打得他哇哇叫,其他的同学拍手说:"打得好!打得好!"事后,伟伟到我家里告状,说我的小家伙打他。我说:"你有没有先打我的小家伙?""是其他人说我不敢打他的,我就打。""你打输了吗?""他把我打在地板上还骑在我身上打。""你先打我的小家伙,结果你输了,其实孩子们在一起要团结友爱,不能够打架,知道吗?"伟伟听我这么说后无奈地回去了。他妈妈也来投诉说我的小家伙打了他的伟伟。我说:"你有没有问问伟伟为什么会被我的小家伙打,是因为人家说伟伟不敢打我的小家伙,伟伟才打我的小家伙,我告诉我的小家伙,不要先打人,谁敢先打你,你一定要打赢他,否则,你以后就会挨打。"他妈妈听了以后也无奈地回去了。

小家伙的画展出来了

小家伙一天放学回家很高兴地告诉我们,"爸爸,我的画在学校的墙上挂出来了。"我一听也很高兴,小家伙在上学前是去参加了幼儿学画班,画画得 怎么样我没有当作什么事情,只当作是小孩子去养成集体学习的好习惯,画得怎么样顺其自然吧。今天小家伙说画挂在学校墙上,我猜测是在校刊里展出,我当然也很高兴地告诉孩子,有时间一定去看看。星期天我们一家人,在小家伙的引导下,兴高采烈地去参观他们的校刊。

在校刊里第一张画的名字真的是我家小家伙的名字,我认认真真地看了那张画,是人物画,标题是"我的妈妈",在一张相当于A4 纸大的画纸里,画了一个充满了整张纸的脸,五官分布还是比较合理的,头发和脖子就几乎没有位置画了,但是可以看出来是一个胖胖女人的脸相。我说:"你妈妈有那么胖吗?"小家伙振振有词地说:"妈妈太瘦了,我希望她胖胖的,所以我就画一个胖胖的妈妈。"

我和小家伙妈妈一听就笑了，没有想到小家伙还把自己的心理活动画到画里了，真是不容易啊。也说明小家伙是很用心地画这张画的，我当场就讲评了画，同时也鼓励小家伙还要继续努力学习。

小家伙的发明

一天傍晚，吃过晚饭，我和小家伙妈妈出去散步，小家伙留在家里写作业，当我散步回来了的时候，小家伙很兴奋地说："爸爸，我有发明。"我听得云里雾里一样地问："你不好好做作业，有什么发明啊？"小家伙就如此这般地告诉我，"今天的作业时退位减法，我不要退位减，照样也可以。"

现在学校教的退位减法是被减数个位数小，而减数个位数大，不够减的时候，被减数要从十位数里退一到个位数里合并一起减去减数，得出差数。例如，13-8 等于 5，要把十位数里的 1 和个位数的 3 合并减去 8 等于 5，这样演算起来还是比较复杂。

小家伙发明是把减数里个位数的大数减去被减数里个位数里的小数，然后有退位的十减去所得的差，就是计算题的差，如 13-8 中用 8 减 5，再用 10 减 5，得出差就是 5，也就是 13-5 的差。我认真听完后觉得有道理，我再追问一句，"你能够用在其他题目上计算吗？"小家伙说："可以，我经过演算了可以。"说到这里的时候我不得不说："孩子，今天这个事情我不能够说你对，也不能够说你错，因为爸爸今天说不清楚，不过，你现在在学校读书，只能够按照学校教的方法去作答，否则，老师不一定能够像爸爸这样有时间听你解答。"

对此问题我后来请教过许多老师，其中一个老师告诉我，这是超前发现负数原理。我后悔没有借这个机会激发孩子对数学的兴趣，不过我也没有真正掌握这个计算方法的基本原理，所以也不能够随便在孩子面前说什么。因为数学就是答案只有一个，作答方式是可以多样的，如果我能够借这个机会激发孩子，开发他的思路对他学习数学有莫大帮助。这也算我在带孩子中的一次不是教训的教训。

小家伙的梦

中国有一句名言，"走万里路，破万卷书"。小家伙稍会走路我也很喜欢带他出去走走看看，附近的公园、田野、山川、河流，都会去看看，有时候也要求小家伙用他所知道的语言描述所见所闻。我们一起去厦门的时候，走出厦门大学后门，就看到大海，小家伙好高兴地就走到海边沙滩，在那里玩沙滩的小石头。可是，海浪就到我们脚跟了，我们就后退，一会海浪又来了，我们再后退，后退，再后退，一直退到沙滩旁边的安全地带。原来那天是涨大潮，潮水来得很快。我们站在路边看潮水就在路下面呢，小家伙看着滚滚而来海浪，伴随海浪的是"哗！哗！"的海浪抚摸沙滩拍打海岸的声音，海面上雾气朦胧，蒙蒙细雨包裹着我们，小家伙高兴地跳跳说："哦啊！做梦一样啊！"我听到小家伙这个即时感慨，我很高兴地说："让你看到大海有这样的感慨。孩子，我没有白辛苦。"

小家伙第一次和来福州的时候才3周岁多一些，我们下了火车，因为晚上带孩子坐公交车不方便，我就坐出租车坐车到西湖宾馆。第二天我就带他坐专线车，回宾馆的时候我们就坐公交车，第三天我要带他出去，小家伙就说："爸爸，我们不要坐那个很多人的车，要坐那个小小的有空调的，只我们两个人，多好啊。"呵呵，小家伙才来两天多，对坐车就有选择了啊，人真是可以享福，不能够吃苦啊！这是给我一个信号，要怎么样让小家伙知道通过吃苦才能够享福呢！

我们来到动物园，在进门不远就有一匹棕色高头大马，那是出租给人家照相的，我很喜欢那匹马，很好看也很威风。我就问小家伙，"你敢骑吗？"小家伙很自信地说："敢！"于是我就让他骑在马背上，他很自然地双手牵着缰绳，马就抬起头来，然后他按照我告诉他的"驾！"的一声，马就踢踏、踢踏地向前走起来。周围的人看到都觉得小家伙很勇敢，有的还跷起大拇指，赞叹地说："小朋友，勇敢！"

我们又往前走，来到一段石切小路，突然小家伙尖叫起来，往我身上爬，我马上抱起小家伙停止了脚步，才看到一只油光发亮的小猴子跑到一个人身边。原来是我们来到动物训练场，那个训练小猴子的人叫小猴子过来与小朋友握握手，我的小家伙初次见过猴子就吓毛了，不过看了一会大熊猫表演，他就不那么紧张了。下午，我们又去租了小船，在西湖游玩了一个下午，从小船上下来，我们在湖岸边休息的时候，小家伙很认真地说："爸爸，我们不回龙岩了，福州比龙岩好啊！我们在福州住。""你妈妈没有来，还在龙岩怎么办啊？""写信去，叫妈妈也来福州。"呵呵，小家伙对福州有好感！要常住福州了。我怎么说呢，他的想法不对吗？他也是来福州两天经历了一些事情，经过比较得出的结论，我无可辩驳。对嘛，现实条件不容许，我只能够说："孩子，爸爸妈妈的工作在龙岩，所以，我们户口在龙岩，不能够在福州常住，必须回龙岩去。有一个方法就是你要好好读书，以后来福州读书，争取在福州工作，爸爸妈妈退休了就来福州，和你一起住，好吗？""我一定好好读书，争取来福州上班工作。"后来孩子果然来福州读大学，他也对福州情有独钟，说福州好，考公务员时考中交警总队的职位。我很感慨地说："孩子，你考到福州公务员是园了童年的梦，我退休了一定去福州和你一起住。"

小家伙的第一次得奖

光阴荏苒，小家伙小学毕业，要考初中了，当时名义上是按照片区入学，也是要考试，择优录取，被一中二中录取完后其他按照划片入学，我的小家伙成绩差三分被划片到四中。有的家长问我只差三分怎么不找关系到二中去读啊，我认为初中还是基础教育，还没有到找工作的时候不要急。就让他读四中吧。

四中离我医院较近，但是学风不怎么好，再加上生源被一二中挑选过了才到四中，老师也感到低人一等很泄气，学校管理比较混乱。我倒是觉得，学生最关键是要努力学习，其他就是次要的，我还是对四中抱有很大希望，就让小家伙到四中读吧。

127

刚到四中,小家伙也很用功读书,还被选为副班长,各方面被老师认可,可是有些学习比较差的人就不甘心了,很快就和小家伙靠近,要交朋友。这本来很正常,其中一个同学有一天和小家伙聊天时问:"你会喝酒吗?""不会。""会抽烟吗?""不会。""会吸毒吗?""不会。""我们一起玩,我教你。"小家伙回来把这个事情告诉我后,我觉得五雷轰顶,啊!一叶知秋看四中,四中,这不仅仅是一般的学风,在这里不小心可能会走上不归路啊。其实四中后来就发生一个劣等生骚扰一个读书最好的孩子。那个孩子正在削铅笔,那个劣等生扑到那个读书好的孩子身上的时候,那把铅笔刀直插到扑过来的孩子胸腔,切断了肝脏门动脉,送医院抢救无效死亡的血案。这是后话,当然这是最严重的一次,还有其他事情不能够在这一一罗列。我听到小家伙说完,很郑重地告诉孩子,"这是坏人,不能够和他接近,更不能够和他一起玩。"

小家伙是非观还是不错的,照常那里学习,在一次市里组织中小学生书法比赛的活动中,小家伙送一幅竖版毛笔字书法参加比赛,得了一等奖。小家伙告诉我说,要送到省里参加比赛,我当然很高兴,过了一段时间,我问孩子省比赛情况时,孩子告诉我,"老师说要送去时候我的字找不到了。"我没有说什么,心里觉得这个老师也太不负责任了,过几个月小家伙的字又找到拿回来了。这里到底闹什么乌龙!我不得而知,朋友们在聊天的时候,我说起这事。一个朋友告诉我,"你啊!你这个父亲没有做好,这时候老师要你巴结他了啊!"啊!我真没有想到凭真本事参加比赛,也要巴结人家,这是什么道理啊!靠巴结老师得到的参赛奖励不要也好。不过足以看出四中的学风和教风了,也足以说明四中后来的许多事情直至血案发生的内在原因。

成长中的沟坎

好不容易小家伙在四中快 3 年了,临近升学考试的一个下午,我接到小家伙的电话,"爸爸,有人邀我和他一起去打架。""你在哪里？""我在学校门口。""你不要走，我马上到你学校门口见你。"这是小家伙成长过程碰到沟坎了，而且凭他自己的力量过不了这个沟坎。作为孩子的父亲这时候要出现在孩子面前，帮助孩子过去的时候。一会我就到了学校门口，我才知道，小家伙同时也报告老师了，学校门口围了几个老师，还有学校保卫科的人，我找到那个要邀我小家伙去打架的孩子说："马上要升学考试了，你不要骚扰我孩子，大路朝天，我们各走一边，做朋友。你有什么困难可以告诉我，可能我能够帮助你。如果你听不进我的话，再骚扰我孩子，我可以当着保卫科的人打死你，我今年40多了，换你这是十几岁的小孩子合算。"保卫科的人听了就说我不能够这样说，我说："不然要怎么讲，你们没有办法解决，在四中接连不断出现类似问题，只能够我自己来解决。"那个孩子听我这样说后也没有说什么就走了。从此他也没有再骚扰我的小家伙，小家伙安安心心地复习参加升学考试。

光阴荏苒，小家伙12年的中小学课程完成，参加高考结束了，接下去说要报考志愿。我尝试医学工作几十年，也很希望孩子是在医学方面有一个进展，可是孩子不喜欢，他喜欢学法律，那几天一天到晚就想这个问题，但是我还是觉得以孩子的兴趣爱好为主。一有时间就拿着志愿手册翻看，到要填写志愿头一天，我召集了小家伙和小家伙的妈妈，把报省公安高专法律专业的想法，告诉他们，同时我还说了报这个专业的优缺点、成功的希望和把握分析给他们听。小家伙母子俩考虑后表示可以报这个志愿，填好志愿，第二天就交上去了。

天公不负有心人，小家伙如愿被录取到省公安高专法律专业读书，经过4年努力，年年拿到一等二等奖学金，毕业后考到省交警总队当警察。

小家伙上班了，我的任务结束了，等待着迎接新的任务。

秋韵
qiū yùn

作者拍摄于故乡

130

鸣　谢

《秋韵》一书在成书过程中：

得到中国美术学院教授、硕士导师谢成水老师的封面设计。

得到厦门大学人文学院教授，原仰恩大学校长，兼党委书记官鸣老师的点评和序言。

得到福州大学人文社科院院长吴兴南博士、教授的点评和序言。

得到福建东南造船有限公司谢林林的大力帮助。

得到出版单位的编辑老师的帮助。

作者在此一并表示感谢！

2017 年 9 月 3 日

鸣
谢